Der Schlangenkunde

G. Aparicio

DER SCHLANGENKUNDE

Geschichten

Schmetterling Verlag

Bibliografische Informationen *Der Deutschen Bibliothek*
Die Deutsche Bibliothek verzeichnet diese Publikation in der
Deutschen Nationalbibliografie; detaillierte Daten sind im Internet über
http://dnb.ddb.de abrufbar

Schmetterling Verlag GmbH
Lindenspürstr. 38b
70176 Stuttgart
www.schmetterling-verlag.de
Der Schmetterling Verlag ist Mitglied von aLiVe, der assoziation Linker
Verlage

ISBN 3-89657-376-4
1. Auflage 2004
Printed in Germany
Alle Rechte vorbehalten
Titelbildgestaltung: Denis Krnjaic
Satz und Reproduktionen: Schmetterling Verlag
Druck: GuS-Druck GmbH, Stuttgart
Binden: IDUPA, Owen

INHALT

VORWORT

Meine Vertrautheit mit den Schlangen begann schon in zarter Kindheit, vertiefte sich aber erst im reifen Alter. Dazwischen lagen lange Jahre eines schlangenlosen bis schlangenfeindlichen Lebens. Wie das? Ganz einfach: Mir war mit tückischem Ernst beigebracht worden, daß eine Schlange einst unsere Vertreibung aus dem Paradies eingefädelt habe. So begab ich mich fluchtartig, meiner blühenden Jugend zum Trotz, auf einen schlangenlosen Zauberberg und verbrachte dort lange, allzu lange, schlangenlose Jahre.

Da aber ein Leben ohne Schlangen zwar ganz und gar tugendhaft ist, dafür aber ziemlich öde, verließ ich eines Tages jenen schlangenlosen Zauberberg und kehrte ins tiefe Tal zurück, wo Menschen und Schlangen sind. In den Niederungen angelangt, mußte ich, von alltäglichen Bedürfnissen getrieben oder gar geplagt, mit allerlei Schlangen in Berührung kommen. So erwachte bald wieder meine kindliche Vertrautheit mit Schlangen. Tag für Tag durfte ich erleben, wie bunt, lebendig, unterhaltsam, ja sogar lehrreich die alltäglichen Schlangen sein können. Und ich versichere Ihnen allen Ernstes und ohne jede Tücke: Wer Schlange steht, hat mehr vom Leben.

G. Aparicio

WER IST DIE LETZTE?

Meine Vertrautheit mit den Schlangen begann in meiner Kindheit. Ziemlich klein muß ich damals gewesen sein, denn sonst hätte ich zu der Zeit in der Schule sein müssen, mitten am Vormittag nämlich, denn am Vormittag bildeten sich die Schlangen vor den Lebensmittelgeschäften, wo es was zu kaufen gab. Es war ja die Zeit, als die Alliierten über Francos Spanien eine Blockade verhängt hatten. Das führte zur Knappheit wichtiger Waren, zumal die spanische Produktion sich von den Verwüstungen des Bürgerkrieges noch nicht erholt hatte. So mußten wir für Brot, für Fleisch, für Zucker, für Mehl Schlange stehen. Wir, das heißt an erster Stelle die Hausfrauen. Und immer wieder wir Kinder. Es lief nämlich so: Mit unserer Mutter gingen wir vors Geschäft, wo es was zu kaufen gab, eine Weile sogar gegen Marken, solange nämlich die Grundnahrungsmittel rationiert waren. Wir gingen also mit unserer Mutter vors Geschäft, meistens vor Öffnung des Geschäftes, und fanden dort eine bunte Schlange vor. Unsere Mutter fragte, wer die letzte sei: «¿Quién es la última?» Das war notwendig, um spätere Konflikte zu vermeiden, denn häufig war die Schlange nicht ganz gerade und die Reihenfolge nicht eindeutig. Es war ja keine deutsche Schlange, hätte ich fast gesagt, hätte ich in meiner langjährigen Schlangenerfahrung in diesem schönen Wunderland nicht gelernt, daß es allerlei deutsche Schlangen gibt, eindeutige und zweideutige und dreideutige, und daß es immer wieder Schlaue gibt, auch in diesem ordentlichen Land, die gerne sehr wohl von der Mehrdeutigkeit mancher Schlange zu profitieren wissen.

Unsere Mutter fragte also: «Wer ist die letzte?», so, in der weiblichen Form, denn Männer, gestandene Männer, waren nicht in jenen Schlangen zu finden. Manche Leserin wird jetzt auf den sprichwörtlichen Machismo der spanischen Männer tippen. Wahrscheinlich muß ich sie enttäuschen, denn die Männer waren zu der Zeit bei der Arbeit, und die Männer, die es sich zeitlich leisten konnten einkaufen zu gehen, das waren die Polizisten, die auch tatsächlich einkaufen gingen, sich aber nicht an die Schlangenordnung hielten, gleich nach vorne gingen und auch gleich bedient wurden. Ein Murren ging dann durch die Reihen der wartenden Hausfrauen, aber niemand traute sich, offen zu protestieren, denn zu jener Zeit geriet man sehr leicht in die Gefahr, zu «den Roten» gezählt zu werden. Wer dazu gezählt wurde, hatte nichts zu lachen.

«Wer ist die letzte?» Darauf meldete sich die letzte, normalerweise eine Hausfrau, manchmal sogar ein Kind. Und dieses Kind wurde rot, wenn es ein männliches Kind war. Ich mußte nur selten rot werden, denn normalerweise blieb meine Mutter da, bis die nächste Frau kam und sich einreihte. Dann ging sie, nicht ohne mich jedesmal zu belehren, ich solle ja aufpassen, daß sich niemand vordränge. Die Belehrung war nicht aus der Luft gegriffen, denn es bestand die Gefahr, daß wir Kinder in der Schlange zu spielen begannen, die Schlangenordnung vernachlässigten und Opfer jener Frauen wurden, die nur auf die kleinste Chance lauerten, die Schlangenordnung zu unterlaufen. So manches Mal gab es Tränen, und so manches Mal mußten mich Bekannte meiner Mutter vor den Übergriffen superschlauer Hausfrauen schützen.

Die bange Frage für uns Kinder war: «Wird die Mutter rechtzeitig zurückkommen, bevor ich an der Reihe bin?» Die Mutter nämlich stand in der Zeit woanders Schlange oder war heimgegangen, um die Bohnen oder die

Kichererbsen für das Mittagessen aufzusetzen. Aber sie kam immer früh genug, und wir kriegten einen Kuß und waren vom Druck der Verantwortung befreit.

Warteten mehrere Kinder auf die befreiende Ankunft der Mutter, waren wir miteinander beschäftigt, denn trotz der Gefahren, die uns seitens der superschlauen Hausfrauen drohten, herrschte in der Schlange eine gewisse Liberalität, und die meisten hielten sich an die ungeschriebenen Schlangenregeln, die im wesentlichen darin bestanden, «die Reihenfolge entgegenzunehmen» und sie «weiterzugeben». Die reine Anwesenheit, nicht unbedingt am eigenen Platz in der Schlange, genügte in der Regel dazu, das erworbene Schlangenrecht zu dokumentieren. Waren wir aber alleine da oder kannten wir keines der wartenden Kinder, so standen wir brav an unserer Stelle und hörten dem, was um uns herum gesprochen wurde, bewußt oder unbewußt zu. Denn die Frauen vor und nach uns unterhielten sich unaufhörlich. Sie unterhielten sich über die schlimmen Zeiten, über die Knappheit, über Essen und Kochen, über Kinder und über Kinderkriegen, über Männer und Frauen, über Frauen und Männer. Frauen unter sich waren nicht so prüde, wie sie in gemischter Gesellschaft waren. Die Schlange war zwar eine gemischte Gesellschaft, denn außer Frauen waren auch wir Kinder dabei. Wenn wir aber wenig an der Zahl waren und uns nicht bemerkbar machten, vergaßen uns die Frauen, und dabei vergaßen sie das ungeschriebene Gesetz, daß vor Kindern über bestimmte Themen nicht gesprochen wird. Ich erinnere mich, wie eine jüngere und eine ältere Frau sich über Frauenprobleme unterhielten, wie die jüngere, frisch verheiratet und schwanger, von ihren Widerständen erzählte, sich vor dem Arzt auszuziehen. Kategorisch belehrte sie die Ältere: «Bist du einmal verheiratet, mußt du deine gesamten Schamgefühle vergessen.» Was ich wirklich verstanden habe, weiß ich heute nicht mehr. Das Gespräch muß aber einen unheimlichen Eindruck auf mein kindliches Gemüt gemacht haben, denn heute erinnere ich mich sogar immer noch an den Wortlaut der Belehrung.

Daran mußte ich neulich denken, während ich im spanisch-portugiesischen Geschäft in der Heinrich-Baumann-Straße Schlange stand. Es war Mittwoch, Frischfischtag. Da treffen sich Männer und Frauen aus aller Herren Länder, da werden alle Sprachen gesprochen, da wird die Gesellschaft der Zukunft (falls eine solche Zukunft nicht vorzeitig von Menschen zerstört wird, die bunte Schlangen fürchten und hassen) vorweggenommen. An der Kasse stand eine kesse junge Frau, Portugiesin, die aber auch spanisch und deutsch spricht. Mit der Zeit hat sie auch die Zahlen in mehreren Sprachen gelernt. Ich bin mir ziemlich sicher, daß sie nie von Jakob Fugger gehört hat. Trotzdem hält sie sich offenkundig an den Spruch des berühmten Augsburger Kaufmanns: «Die beste Sprache des Kaufmanns ist die Sprache des Kunden.»

An jenem Tag sah jene kesse junge Frau ziemlich müde aus, so daß sie ziemlich langsam bediente, wodurch sie sich eine liebevolle Rüge einer wartenden Frau einhandelte: Ob sie eine anstrengende Nacht gehabt habe, wollte die einfühlsame Kundin wissen. Worauf die junge Frau an der Kasse flink erwiderte, sie sei zwar spät ins Bett gegangen, aber die Nacht sei gar nicht anstrengend gewesen, denn im Gegensatz zu den verheirateten Frauen habe sie das Privileg, alleine schlafen zu dürfen und keine anstrengenden Pflichten erfüllen zu müssen.

Das Gespräch wurde auf Spanisch geführt. Wer Schlange steht und auch noch Spanisch kann, hat tatsächlich mehr vom Leben.

DIE MILCHTAUFE

Wir sagten Molkerei dazu, aber in Wirklichkeit handelte es sich um einen schlichten Kuhstall. Ich würde lügen, wenn ich sagen würde, in jenem Stall standen zehn oder zwanzig Kühe. Das weiß ich nicht mehr. Es waren einfach viele, für mich mindestens, denn für meine kindlichen Sinne standen sie in einem riesigen Raum, lang nicht so groß wie der größte mir damals bekannte Raum, unsere Kirche nämlich, aber mindestens so groß wie unser Klassenraum, wo mehr als dreißig von uns samt unseren Pulten Platz fanden und ebenso der Lehrer und sein großer Tisch. Ich weiß, eine Kuh beansprucht mehr Raum als ein Schulkind, aber nicht unbedingt mehr als ein Lehrer... Jedenfalls muß es in jenem Stall viele Kühe gegeben haben.

Der Stall stand nicht außerhalb, sondern mitten in der Stadt, und dort wurde ein Teil der frisch gemolkenen Milch verkauft. Der andere Teil wurde frei Haus geliefert. Der ältere Sohn des Bauern, der kein Bauer, sondern nur ein Kuhmann war – Milchmann nannten wir ihn – trug die Milch in einer riesigen Kanne auf einem Fahrrad aus. Er wußte, wer die Milch frei Haus bekommen wollte. Verständlicherweise war sie dann ein bißchen teurer. Wir kauften sie direkt im Kuhstall, genauer gesagt in einem Zimmerchen neben dem Stall. Da jener winzige Raum auch über eine winzige Theke verfügte, bekam er den unverdienten Namen Laden. Da drinnen und davor mußten wir Kinder Schlange stehen, wenn der feierliche Augenblick des Verkaufs gekommen war. Bis dahin waren wir nicht gestanden, sondern nur gesessen. Schlange gesessen, müßte ich sagen. Denn der Stall verfügte rechts vom Eingang über eine lange Holzbank, wo diejenigen sitzen durften, die zu früh da waren. Ich war fast immer zu früh da. Nicht nur, weil ich dadurch auch beim Ausgeben als einer der ersten an die Reihe käme, sondern weil es himmlisch war, auf jener Holzbank im Kuhstall rechts vom Eingang zu sitzen. Es war mollig animalisch menschlich warm, fast wie in einem bewohnten Bett. An die Sommerabende im Stall kann ich mich nicht mehr erinnern. Mir sind nur die kühlen und kalten Abende in Erinnerung geblieben. Denn abends holten wir die Milch. Zunächst holte ich sie in einer weißen Kaffeekanne aus emailliertem Blech. Später kaufte meine Mutter eine graue Milchkanne aus Aluminium mit Griff und Deckel.

Um möglichst schnell in den Genuß der Stallwärme zu gelangen, nahm ich eine für ein Kind ziemlich abenteuerliche Abkürzung über Bahngleise und durch Gemüsegärten. Fast immer war ich einer der ersten und saß deswegen ganz vorne auf der Bank, näher zu den Kühen hin. Bald kamen auch andere Kinder, kleinere und größere, und setzten sich dazu. Die älteren, vor allem die älteren Mädchen, redeten viel. Ich nehme an, sie gaben vor allem an. Ein älteres Mädchen übernahm beinahe die Mutterrolle und war immer sehr lieb zu mir. Sie erzählte auch viele Geschichten, die ich nicht behalten habe, vielleicht weil ich sie nicht verstand. Ich hörte auch kaum zu, während wir da im warmen Kuhstall Schlange saßen. Ich guckte und konnte mich nie satt gucken, wie der Milchmann und die Milchfrau und eine ältere Milchtochter, die gleiche, die danach die Milch ausgeben würde, den Schemel neben eine Kuh hinstellten, sich darauf hockten, einen Eimer auf den Boden unter das Euter stellten, die Zitzen der erstaunlich ruhigen Kuh massierten und plötzlich drauflosmolken. Die weißen Milchstrahlen entlockten dem Eimer, wenn er noch leer war, wundersame Töne.

Schenke ich meinen kindlichen Erinnerungen Glauben, so muß ich jeden Abend mehrere Stunden im Stall Schlange gesessen haben. Und es waren sicher mehrere erlebte

Stunden, selbst wenn es sich nach der Uhr um höchstens eine dreiviertel Stunde gehandelt haben sollte. Was zählt aber die Uhr, wenn uns das Glück verwöhnt! Viele Jahre später, als ich Philosophie studierte, erklärte uns ein Professor ziemlich aufwendig, aber eindeutig, wie die Zeit keine objektive Kategorie sei, sie stehe immer im Verhältnis zum Rhythmus des Erlebenden beim Erleben. Mir fielen gleich die Warteabende im warmen Kuhstall als überzeugender Beweis ein.

Waren der Milchmann, die Milchfrau und die ältere Milchtochter mit dem Melken fertig, verschwanden sie allesamt mit ihren Eimern in einem Nebenraum, den wir nie zu Gesicht bekamen. Es begann die eigentliche Wartezeit, die in meiner Erinnerung unendlich dauerte, denn dann warteten wir nur, dann standen wir tatsächlich Schlange vor jener Kajüte, die als Laden galt. Was geschah während jener Zeit in jenem geheimnisvollen Raum, den niemand von uns je betreten durfte? Es wurde von wundersamen Vermehrungsmanövern gemunkelt. Das ältere Mädchen, das mir gegenüber fast die Mutterrolle übernahm, erzählte immer wieder und ziemlich laut, in jenem geheimnisvollen Raum werde die Milch getauft. Immer wieder lachten wir Kinder über den abgegriffenen Witz. Als Kinder lachten wir am meisten über abgegriffene Witze.

Nach unendlichem Warten kam die Milchtochter in den Laden. Sie trug eine große Kanne mit der getauften Milch hinein. Der Rest war uninteressant. Jetzt galt es, so schnell wie möglich nach Hause zu gehen, den kalten Abend zu durchqueren, um in die warme Küche zu gelangen, deren Wärme mir dann noch molliger erschien als die des Kuhstalls. Die getaufte Milch wurde gleich auf den Herd gestellt und nicht selten lief sie über, obwohl viele Augen, manchmal sechzehn, sich vorgenommen hatten, die Milch nicht aus dem Auge zu lassen.

MÜTTERLICHE GEFÜHLE

Ich muß ihre mütterlichen Gefühle geweckt haben, denn sie haben mich regelrecht verwöhnt. Die Damen am Fleischstand verrieten mir – unaufgefordert – welches Fleisch an dem Tag besonders gut und besonders preiswert war. Die Damen am Fleischstand hielten mich übrigens, bis ich sie über meine sogenannte nationale Identität aufklärte, für einen Norweger. Als sie mir das eröffneten, fühlte ich mich doch in einem versteckten Winkel meiner südländischen Seele geschmeichelt, denn mit ihrer falschen Einschätzung bezeugten jene Berlinerinnen, daß sie mich für einen gleichwertigen Europäer hielten. Viel zu oft hatte ich zu jener Zeit – vor mehr als dreißig Jahren – gehört, daß Afrika bei den Pyrenäen anfängt. Als Afrikaner wollte ich keineswegs eingestuft werden, obwohl im damaligen von der Mauer umzingelten Berlin und im damaligen gespaltenen Deutschland der Umgang mit Afrikanern und dunkelhäutigen Menschen wesentlich zivilisierter war als heute.

Jene Fleischverkäuferinnen eines Kaufhauses in Berlin-Moabit, ganz nah am Geburtshaus des Kurt Tucholsky und nicht weit vom Moabiter Gefängnis, zeigten sich über die Offenbarung meiner südländischen Identität zwar überrascht, aber keine Spur von befremdet. Jedenfalls verschmähten sie mich nicht. Sie blieben weiterhin nett und sogar lieb und blieben dabei, mir jeden Tag – unaufgefordert – zu verraten, welches Fleisch besser und preiswerter war.

Ob die Damen am Obst- und Gemüsestand etwas von den Vorlieben ihrer Fleischkolleginnen wußten, ist mir nicht bekannt. Es ist durchaus möglich, denn auch sie klärten mich – unaufgefordert – darüber auf, welches Obst und welches Gemüse an dem Tag besonders gut und besonders preiswert war. Ja, sie gingen sogar so weit, mich zu korrigieren:

«Nein! Nehmen Sie nicht die Pfirsiche! Die sind nicht mehr ganz frisch. Die Kirschen sind heute besonders schön – und gar nicht teuer.»

Jede und jeder wird verstehen, daß ich jene überaus liebenswürdigen Damen gewähren ließ und sonst nirgendwo einkaufte, zumal wir damals um die Ecke wohnten, im zweiten Stock eines zerbombten Hauses, wo die Tauben im Stock über uns – ohne Fenster und nicht vollständig überdacht – hausten und eilige Menschen im Hauseingang ihre Notdurft, auch die große, verrichteten.

Ich kaufte gerne in jenem Kaufhaus ein, wenige Meter vom Haus entfernt, in dem Kurt Tucholsky geboren worden war. Damals wußte ich nur sehr wenig über Tucholsky und auch sehr wenig über das Moabiter Gefängnis, was sich bald ändern würde, denn bald begannen dort die RAF-Prozesse.

Über Tucholsky wußten jene Verkäuferinnen gewiß noch weniger als ich, und über die RAF unterhielten wir uns nicht. Wir unterhielten uns über Fleisch und Wurst, über Obst und Gemüse. Aber vor allem unterhielten wir uns über Julia, das kleine Mädchen, das immer mit dabei war, auf meinem Rücken im Rucksack saß, immer munter guckte und mit ihrer frischen Fröhlichkeit die Herzen jener Frauen am Fleisch- und am Gemüsestand auf Anhieb erobert hatte und jeden Tag von neuem eroberte. Also nicht ich regte die mütterlichen Gefühle jener Frauen an. Oder besser gesagt, nicht ich alleine oder nicht ich als solcher oder nicht ich meinetwegen, sondern nur ich in Verbindung mit meiner süßen Last. Der Anblick war für damalige Verhältnisse äußerst ungewöhnlich: Mann mit Kleinkind, Mann mit Kleinkind beim Einkaufen, Mann beim Einkaufen mit Kleinkind im Rucksack. Es fehlte auch nicht an Typen, die jenen Anblick nicht ertragen konnten und sich in Beschimpfungen gegen meine «unmenschliche Art, ein Kind zu tragen» ergingen. Ich habe nicht verstanden, wieso jener friedliche, süße und liebevolle Anblick eines Vaters mit einer offenkundig zufriedenen Tochter auf dem Rücken Aggressivität provozieren konnte. Ich vermute Neid als Ursache.

Am liebevollsten im ganzen Kaufhaus und auch im ganzen Berlin reagierte auf jenen Anblick eine Kassiererin. Mitte fünfzig dürfte sie gewesen sein, mittelgroß, etwas stämmig, resolut und freundlich, sehr flink an der Kasse, kommunikativ, aber nicht geschwätzig. Deutsche war sie. Damals waren alle Kassiererinnen Deutsche. Ich rede ja vom Anfang der siebziger Jahre. Wie sie hieß, habe ich nie erfahren, obwohl ich mich immer wieder mit ihr unterhalten habe, wenn ich an die Reihe kam, ohne allerdings den Rhythmus der Schlange zu stören. Wir unterhielten uns über das Kind auf meinem Rücken und über das Kind zu Hause, das gerade auf die Welt gekommen war, mitten in jenem strengen Winter von 72/73. Kurze, unwichtige Gespräche über die wichtigsten Dinge des Lebens.

Normalerweise ging ich zu ihrer Kasse, es sei denn, die Schlange vor ihrer Kasse war übermäßig lang. Selten überprüfte ich den Kassenzettel. Nur manchmal machte ich im Kopf eine grobe Rechnung – im Kopfrechnen war und bin ich eine Flasche – und verglich sie mit der Summe auf dem Kassenzettel. Und obwohl ich, wie bereits erwähnt, eine ausgesprochene Niete im Kopfrechnen bin, fiel selbst mir irgendwann auf, daß die Summe in meinem Kopf und die Summe auf dem Kassenzettel so sehr voneinander abwichen, daß es nicht auf meinen Rechenfehler zurückzuführen sein konnte. Daß die Differenz zu meinen Gunsten ausfiel, werden kluge Leser inzwischen geahnt haben. Nicht ein paar Mark betrug jene Differenz, nein, sie bewegte sich in der Größenordnung von 30 bis 40% der Einkaufssumme. Das erste Mal vermutete ich einfach einen Fehler der Kassiererin. Das zweite Mal schien mir ein Fehler ausgeschlossen. Als sich der Fehler über Wochen und Monate wiederholte, hatte ich vor mir mehr als eine Indizienkette.

Natürlich freute ich mich darüber, und niemand wird mich deswegen tadeln, weil ich immer zur Kasse meiner Gönnerin ging, selbst wenn ich dafür längere Schlangenzeiten in Kauf nehmen mußte. Dankbar war ich, aber meine Dankbarkeit durfte ich nicht zeigen. Daß ich meine Dankbarkeit zeigte, darauf wartete meine Gönnerin an der Kasse gewiß auch nicht, denn sie war intelligent genug, um zu wissen, daß jenes Spiel und dessen prickelnder Zauber in dem Augenblick schlagartig aufhören würde, in dem ich aufhören würde, so zu tun, als wüßte ich nicht, daß sie weiß, daß ich weiß, aber so tue, als wüßte ich von nichts. Jene Komplizenschaft durfte nicht ausgesprochen werden.

Eines Nachmittags stellte ich trotz meines dürftigen Kopfrechnens fest, daß die Summe auf dem Kassenzettel stimmte. Merkwürdig. Am nächsten Tag ging ich wieder einkaufen und wieder zur Kasse meiner Gönnerin. Beiläufig, während sie meinen Einkauf eintippte, flüsterte sie mir zu:

«Manchmal sind Kaufhausdetektive da. Der Herr, der gestern hinter ihnen an der Schlange stand, war ein Detektiv.»

«So was?» – kommentierte ich unschuldig.

Von da ab stimmten die Summen auf dem Kassenzettel wieder. Ich blieb aber meiner Kassiererin treu, selbst wenn ich längere Schlangenzeiten in Kauf nehmen mußte.

Wir zogen weg von Moabit und dann auch von Berlin. Jahre später, anläßlich einer Berlinreise, stattete ich dem Haus von Tucholsky – den ich inzwischen viel besser kannte – und meinem Kaufhaus um die Ecke einen Besuch ab.

Einige Verkäuferinnen von früher waren noch da. Auch meine stille Gönnerin saß noch an der Kasse, allerdings kurz vor der Pensionierung. Wir erkannten uns alle wieder und freuten uns über das Wiedersehen. Und sie alle vermißten das kleine Mädchen auf meinem Rücken.

Von Bananen und Pfirsichen

Ich gestehe offen, daß ich zu Anfang die Versuchung spürte, die Tüte während des Wiegens offen zu lassen, das Zettelchen darauf zu peppen, ein paar Früchte mehr hineinzuschmuggeln, die Tüte erst dann zuzubinden und mit einem unschuldigen Gesicht an der Kasse zu erscheinen, in der Hoffnung, der Kassiererin würde mein Mogelmanöver nicht auffallen. Wenn ich es nicht versucht habe, geschah dies letztlich nicht aus Anstand oder Ehrlichkeit, sondern schlicht und einfach aus Angst, an der Kasse entdeckt zu werden. Ich malte mir in bunten Farben die Szene aus, wie der erfahrenen Kassiererin auffällt, wie schwer die Tüte, wie niedrig der Preis, wie sie mich dann zur Rede stellt, wie ich rot anlaufe und erfolglos versuche, den Arglosen zu spielen, wie sie dann aufsteht, zum Obst- und Gemüsestand läuft, die Tüte auf die automatische Waage legt, das Zettelchen entnimmt, es mit meinem vergleicht, triumphierend feststellt: «Ich dachte es mir schon!», triumphierend zur Kasse zurückkehrt, wo ich wie ein zum Tode Verurteilter auf die Ankunft des Henkers warte, wie sie mir den neuen Zettel vor die Nase hält, wie sie meine Frechheit so hinausposaunt, daß die ganze Schlange zu murren beginnt: «Unerhört! Daß er sich nicht schämt...», wie sie womöglich den Kaufhausdetektiv oder gar den Geschäftsführer holt, wie sie mir Hausverbot erteilen, wie jemand in der Schlange die Bemerkung fallen läßt: «Diese Ausländer...»

Am Anfang spürte ich eine leise Versuchung, einen leisen Kitzel, eine leise Lust, mit dem Feuer zu spielen. Am Anfang, als die ersten Kaufhäuser anfingen, die Bedienung am Obst- und Gemüsestand abzuschaffen, um sie durch die automatischen Waagen zu ersetzen, die uns das richtige Gewicht und den richtigen Preis anzeigen, wenn wir auf die richtige Taste drücken, was nicht so einfach ist, wie es sich des Einkaufens unkundige Menschen womöglich einbilden könnten. Gerade wenn eine Schlange hinter dir steht, fühlst du dich genötigt, deinen Einkauf besonders schnell zu wiegen mit dem Ergebnis, daß du es besonders langsam schaffst. Und da hörst du schon hinter dir: «Kann es nicht schneller gehen?» «Haben Sie den ganzen Laden aufgekauft?» In so einer hektischen Situation finde ich nur eine Taste auf Anhieb: «Bananen», denn sie ist immer ganz oben links, als erste oder als zweite Taste. Und ich frage mich: Warum? Zunächst dachte ich, diese Tatsache hätte eine alphabetische Logik: Die Banane stehe ganz vorne, weil sie mit B anfängt. Ich frage meine Frau, welches Gemüse oder welches Obst mit A anfängt. Sie auf Anhieb: «Apfel, Aprikose, Aubergine, Ananas, Artischocke, Ackersalat, Avocado...» «Ist schon gut», unterbreche ich den Redefluß meiner Frau, «es reicht.» Am Alphabet kann es also nicht liegen. Woran denn sonst? Ich finde nicht die leiseste Spur.

Also nur am Anfang spürte ich jene leise Versuchung, mit dem Feuer zu spielen. Dann wurden die automatischen Waagen überall eingeführt, wodurch sie so gewöhnlich wurden, daß das Kitzeln bei mir aufhörte. Bei mir. Anscheinend nicht bei allen, denn hie und da erlebe ich, wie jemand genau das tut, was ich damals wollte, aber nicht wagte.

Ich stand Schlange an der Kasse eines großen Supermarktes am Ostendplatz. Vor mir ein Junge, etwa zwölf, pummelig, schwarzes Haar, dunkle Haut. Es muß wohl im April gewesen sein. Trotzdem gab es schon Pfirsiche, allerdings zu horrenden Preisen. Der Junge vor mir hatte unter anderem eine Tüte mit Pfirsichen in seinem Einkaufswagen. Ich sah nur die Menge. Die Kassiererin sah auch den Preis. Und sie stutzte. Sie sagte nur: «Hast du schon wieder gemogelt?» Ohne eine Antwort des betretenen Jungen abzu-warten, stand sie auf und ging zur automatischen Waage. Ruhig kam sie zurück, mit ruhiger Miene tippte sie den neu-en Preis des neuen Zettels ein, und in einer Mischung aus Strenge und Sanftheit sagte sie zum Jungen: «Ich kenne dich schon. Du solltest damit aufhören.» Der Junge lächel-te noch verlegener, zahlte, packte seine Sachen und ging. Ich sprach der Kassiererin meine Bewunderung aus. Neben-bei sagte sie: «Es ist doch selbstverständlich», und fuhr mit dem Eintippen meines Einkaufs in aller Ruhe fort.

SCHON WIEDER EINER

Franco war endlich tot. Das alleine reichte mir allerdings nicht, um sorgenfrei nach Spanien fahren zu können. Ganz sorgenfrei machte mich erst mein Alter, denn ich war inzwischen über 38 und konnte wieder spanischen Boden betreten, ohne die Angst zu hegen, eingezogen zu werden, denn mit 38 war «das absolute Alter» erreicht, jenes Alter also, in dem jeder Anspruch des Staates aufhörte, seine Männer zu Soldaten umzufunktionieren. In Friedenszeiten. Und es waren Friedenszeiten. Sommer war es. Nie bin ich gerne im Sommer nach Spanien gefahren, denn im Gegensatz zu dem, was der normale deutsche Bürger denkt, gibt es eine Menge Spanier, die die mörderische Sommerhitze nicht gewohnt sind und sie auch nicht mögen. Ich gehöre dazu. Früher, an heißen Tagen, deren es in Stuttgart auch genug gibt, habe ich manches Mal den Kommentar geäußert: «Diese Hitze ist unerträglich!» Das tue ich schon lange nicht mehr, denn jedesmal kam von irgendjemand wie ein naturgesetzlich bedingtes Echo die Bemerkung: «Sie als Spanier müßten...»

In jenem Sommer des fernen Jahres 1978 sind wir also nach Spanien gefahren. Ungerne. Aber uns standen nur die Schulferien für eine längere Fahrt zur Verfügung. Wir fuhren mit der Bahn. Ein Auto besaßen wir nicht, und das Fliegen hätte uns ein Vermögen gekostet, denn unsere Kinder hätten inzwischen den vollen Preis bezahlen müssen. Mir war bange, nicht unbedingt wegen des Sommers und auch nicht wegen der Bahnfahrt, sondern weil ich seit fünf Jahren nicht mehr nach Spanien gefahren war und das Gefühl hatte, mich in dieser Zeit stark verdeutscht zu haben. So hatte ich zum Beispiel etwas getan, was ich früher nie getan hätte: Ich hatte mir die Mühe gemacht, das Kleingedruckte unserer Fahrkarte genau zu studieren. Durch das Lesen des Kleingedruckten hatte ich erfahren, daß jene in einem deutschen Reisebüro ausgestellte Fahrkarte am spanischen Grenzbahnhof abgestempelt werden mußte, um in Spanien gültig zu werden.

Umgestiegen in Paris, umzusteigen jetzt an der spanischen Grenze in Irún. Brav suchte ich also in Irún den Schalter auf und brav wartete ich vor jenem Schalter, vor dem eine riesige Schlange stand. Schalter gab es fünf, offen war nur einer. Als ich endlich drankam, bückte ich mich, um durch das winzige Schalterloch sehen und sprechen zu können, legte dem Mann hinter dem Schalter meine Fahrkarte vor und bat ihn, sie abzustempeln.

«Nicht nötig!», nuschelte er.

«Wieso nicht nötig? Da steht extra, daß die Fahrkarte hier, am Grenzbahnhof, abgestempelt werden muß, damit sie in Spanien gültig wird...»

«Ich habe Ihnen gesagt, daß es nicht nötig ist, und wenn ich Ihnen sage, es ist nicht nötig, dann ist es eben nicht nötig», herrschte er mich an.

Meine Angst vor Schalterbeamten wirkte, und ich zog von dannen, um mit Frau und Kindern einen Platz in unserem Zug zu finden. Den fanden wir auch dank eines Argentiniers, der uns ins Abteil reinließ, nachdem viele fast leere Abteile uns von Reisenden verwehrt worden waren, die die leeren Plätze mit erfundenen Geschichten über gerade abwesende, gleich zurückkommende Fahrgäste verteidigten, um sich selbst ganz flach schlafen legen zu können. Es war nämlich mittlerweile Nacht geworden und der Zug würde erst am Morgen in Madrid ankommen. Aber jener Argentinier erbarmte sich unser, und wir nahmen Platz im seinem halbleeren Abteil, das jetzt durch uns voll wurde. Der Zug setzte sich in Bewegung, und durch das Baskenland fuhren

24

wir gen Süden. Es war heiß und stickig, aber unsere Töchter schliefen. Mitten in der Nacht – es dürfte so gegen ein Uhr gewesen sein – wurde die Abteiltür aufgerissen, eine energische Hand betätigte den Lichtschalter. Es wurde Licht, und eine forsche Stimme tönte:

«Ihre Fahrkarten, bitte!»

Der Kontrolleur, ein Mann in mittlerem Alter, wurde von einem viel jüngeren Kollegen begleitet, den er offensichtlich einarbeitete, denn er erläuterte ihm irgendwas an den verschiedenen Fahrkarten, die die müden Fahrgäste vorzeigten. Auch ich zeigte unsere Fahrkarte vor. Der Kontrolleur nahm sie entgegen, untersuchte sie eingehend und sagte zu seinem jungen Kollegen:

«Zum Kotzen! Schon wieder einer, der es versäumt hat, die Fahrkarte abstempeln zu lassen!»

Ich war zu müde, um mir die Mühe zu machen, jenem Kontrolleur zu erklären, wie ich eine geschlagene halbe Stunde in Irún vor dem Bahnhofsschalter Schlange gestanden hatte, um einen Stempel zu bekommen, den ich dann doch nicht bekam, denn, wenn ein Schalterbeamter sagt, daß ein Stempel nicht nötig ist, dann ist er eben nicht nötig.

Die Bahn, die Verfassung und das Volk

Wie schnell ein ehrlicher Mitbürger in Gewissensnöte geraten kann, erfuhr ich durch Manuel, einem Freund aus Galizien, der schon Anfang der sechziger Jahre nach Deutschland gekommen war. Ein Gastarbeiter der ersten Generation und sogar der ersten Stunde. Ein Vorbild in jeder Hinsicht. Fleißig und tüchtig, sparsam, integriert bis angepaßt, mit perfekten Deutschkenntnissen.

Nein, einbürgern hat er sich trotzdem nicht lassen. Er hat den Verlockungen der Einbürgerung konsequent widerstanden. Nicht etwa aus Nationalismus, nein, sondern aus Gastnationalismus. So hat er mir das erklärt:

«Weißt Du, ich schätze die Deutschen und das Deutschtum so sehr, daß ich erstens mich nicht würdig fühle, zu diesem deutschen Volk zu gehören, und zweitens die germanische Konzentration des deutschen Volkssaftes nicht verwässern möchte. Ich bin ja letztlich ein Gast, und als solcher will ich meinem Gastvolk nicht in den Rücken fallen.»

Ich mußte zugeben, mein Freund hat sehr noble Gefühle. Er ist das, was man gastgeberfreundlich nennen könnte.

Aus demselben Grund hält er nichts von der Forderung nach der doppelten Staatsangehörigkeit: Weil er, wie gesagt, die germanische Konzentration des deutschen Volkssaftes nicht verwässert sehen möchte und noch dazu, weil er meint, Deutschsein sei unteilbar. Es sei ein so intensives Erlebnis, daß es alleine den ganzen Innenraum einer Person fülle. Es bleibe drinnen kein Platz für eine zweite Staatsbürgerschaft. Übrigens, ähnlich wie beim Spanischsein.

Ein richtiger Verfassungspatriot ist er, ohne ein Deutscher zu sein. Das deutsche Grundgesetz kennt er auch perfekt, wesentlich besser als die meisten seiner deutschen Mitbürger. Und er hält sich daran, immer, selbst wenn es ihm Nachteile bringt. Und es bringt ihm manchmal Nachteile. Wie vor kurzem am Hauptbahnhof. Es war so:

Neulich wollte Manuel in Stuttgart eine Fahrkarte nach Hannover und zurück kaufen, wo er seinen verheirateten Sohn besuchen wollte. Wegen der Termine klappte es nicht mit dem Superspartarif. So fragte ihn die Dame am Schalter kundenfreundlich, ob er nicht eine Bahncard erwerben möchte. Sie sei ein Jahr lang gültig und werde sich schon fast bei dieser, spätestens bei der nächsten Fahrt auszahlen. Manuel verneinte und begründete seine Ablehnung folgendermaßen: Er habe gerade in der großen Halle ein Werbeplakat der Bahn gesehen und da stehe folgendes:

«Ein ganzes Jahr Deutschland zum halben Preis für das ganze Volk.»

«Ja, und?» fragte die Dame am Schalter.

«Verstehen Sie etwa nicht? Für das Volk, heißt es dort.»

«Ja, eben», erwiderte sie. «Gehören Sie etwa nicht zum Volk?»

Manuel wurde feierlich:

«Eben nicht. Laut Entscheidung des Bundesverfassungsgerichtes sind nur diejenigen zum deutschen Volk zu zählen, die Deutsche sind im Sinne des Grundgesetzes. Ich bin lediglich zu Gast bei diesem Volk.»

Die Dame am Schalter war erschlagen. Daran hatte sie nicht gedacht, und bei der Bahn hatte ihr auch niemand das so erklärt. Bis dahin hatte sie ohne Bedenken und ohne jede Beanstandung Bahncards an alle verkauft, die danach verlangten. Jetzt wurde sie unsicher. Sie bat meinen Freund, einen Augenblick zu warten, und verschwand durch eine Hintertür. Sie wollte sich beim Vorgesetzten Rat holen. Nach wenigen Minuten kam sie lächelnd wieder. Man solle die Sache nicht so eng verstehen. Volk sei für die

Bahn kein strengzunehmender rechtlicher Begriff. Volk sei eben Volk, also die Leute, die Leute halt, die wo hier leben.

Manuel war völlig durcheinander und beinahe böse. Wie kann eine fast staatliche Institution wie die Deutsche Bundesbahn einen Volksbegriff verwenden, der nicht mit dem der Verfassung (in der vom Bundesverfassungsgericht autorisierten Bedeutung!!!) übereinstimmt? Er mußte sich aber rasch entscheiden, denn das in der Schlange hinter ihm wartende Volk hatte angefangen, ungeduldig zu werden, und sein Zug fuhr auch schon bald ab. Er entschied sich also schnell für die Bahncard, zahlte sie und die Fahrkarte, bedankte sich zögerlich bei der kundenfreundlichen Dame und eilte zum Zug. Auf der ganzen Fahrt konnte er aber das Gefühl nicht loswerden, einen Verfassungsbruch begangen zu haben.

AM TAG DES SPANIERTUMS

Ohne die Schlange hätte ich heuer einen äußerst wichtigen Tag verpaßt, den Tag des Spaniertums, auch Jahrestag der Entdeckung Amerikas, ebenfalls Fest der Mutter Gottes auf der Säule, ja sogar Tag der Rasse genannt. Auf Spanisch hört sich das alles viel imponierender an: Día de La Hispanidad, Aniversario del Descubrimiento de América, Fiesta de La Virgen del Pilar, Día de La Raza. So viel Würde und Schicksal wird einem einzigen Tag aufgebürdet, daß es an ein Wunder grenzt, wenn der arme 12. Oktober unter einer solchen Last nicht zusammenkracht, der arme 12. Oktober, im heutigen Spanien immer noch Feiertag, in meiner Kindheit einer der pompösesten Feiertage des Jahres, voll jenes für uns damals unwiderstehlichen Charmes, der sich aus einer unnachahmlichen Mischung aus religiösem und nationalem, ja offen nationalistischem Stolz ergab und für unser damaliges System unter Franco, unserem damaligen «Führer durch Gottes Gnaden», wie kein anderer Tag im Jahr die Bezeichnung «Nationalkatholizismus» rechtfertigte. Es war der Tag, an dem wir uns beinahe vom Privileg erschlagen fühlten, Spanier zu sein, und überschwenglich dem Himmel dafür dankten, daß er uns in Spanien hatte Menschen werden lassen, zumal die Wahrscheinlichkeit, als Mitglied eines etwa 30-Millionen-Volkes geboren zu werden, nicht arg groß war. Es war der Tag, an dem sich jener Spruch ohne jede Trübung nachempfinden ließ, den unsere Lehrer im Fach «Erziehung im nationalen Geist» unermüdlich hinausposaunten:

«Spanier zu sein ist eine der wenigen ernstzunehmenden Existenzformen auf dieser Welt.»* Nein, ich erfinde nichts, ich übertreibe nicht einmal. Man überlege: Am 12. Oktober war die noch lebende Maria dem verzagenden Apostel Jakobus auf einer Säule am Ebro erschienen, um ihm Mut zu machen, denn er war drauf und dran gewesen, das Unternehmen «Christianisierung Spaniens» aufzugeben. Jakobus machte weiter, und Spanien wurde christlich. Weder davor noch danach genoß je ein Land der Welt das Privileg, durch die direkte Intervention der Mutter Gottes – der noch lebenden Mutter Gottes! – christianisiert zu werden.

Privilegien kommen selten alleine. Wen wundert es also, daß ausgerechnet dem privilegierten Spanien das Privileg zufiel, Amerika zu entdecken! An welchem Tag? Am 12. Oktober, versteht sich, am Tag der Mutter Gottes auf der Säule. Also durch eine Fügung Gottes, welche von dessen Mutter persönlich in die Wege geleitet wurde. Und prompt machte sich jenes privilegierte Spanien voll des Dankes daran, Amerika zu christianisieren, wodurch über den Ozean hinweg eine neue Gemeinschaft entstand, la Hispanidad, das Spaniertum, eine neue Gemeinschaft, welche als Rasse zu bezeichnen Billigpoeten des Nationalkatholizismus nicht zögerten, denn auch sie im Süden, nicht nur die stolzen Deutschen im Norden phantasierten gerne von besonderen Blut- und Bodensorten.

«Werden Sie nicht den Tag des Spaniertums würdigen?» fragte mich mit einem kaum vernehmbaren lausbübischen Funkeln in ihrem Blick die Dame an der Kasse jenes von mir immer wieder besuchten und häufig gewürdigten spanischen Geschäftes in der Heinrich-Baumann-Straße. «Werden Sie nicht den Tag des Spaniertums würdigen?»

---

* «Ser español es una de las pocas cosas serias que se puede ser en este mundo.»

Es war ein strahlender Herbsttag, der mich betörte. Ich lief an jenem Vormittag wie im Traum herum. Die klare Luft, die milde Sonne, die bunten Farben der Bäume hatten mich in einen leichten Rauschzustand versetzt. Menschen und Stimmen nahm ich kaum wahr. Auf einmal stand ich vor der Kasse mit einem Pfund prächtiger Venusmuscheln, einem Pfund frischer Sardellen und dreihundert Gramm Garnelen in meinem Einkaufskorb. Nein, nicht wegen des Feiertages, den ich übersehen hatte, sondern weil wir den Besuch einer guten Freundin erwarteten, die sich in Sachen Fisch und Meeresfrüchten als Leckermäulchen erwiesen hatte. Es gehört zu den hohen Genüssen des Lebens, sich selbst und anderen Menschen besondere Gaumenfreuden zu bereiten. Geschieht das mitten in der Woche und ohne amtlichen Anlaß, ist der Genuß noch intensiver. Ich wußte ja nichts vom Feiertag.

In jenem äußerst gemütlichen Dämmerzustand, in dem ich mich an jenem Herbstvormittag befand, hatte ich, während ich noch am Ende der Schlange gestanden hatte, gedämpft und wie von weit her mitgekriegt, wie ein Spanier in meinem Alter mit der Dame an der Kasse über den vergangenen, schon fernen und viel zu kurzen Urlaub plauderte:

«Ach, nur zwei Wochen», sagte sie. «Kaum Zeit, den Urlaub als Urlaub wahrzunehmen. Zwei Monate wäre das mindeste. Wie bei dir.»

«Das ist nicht mehr so», erwiderte der Mann in meinem Alter. «Beim Arbeitsamt hat man mir eröffnet, daß ich nur drei Wochen Urlaub nehmen darf. Drei Wochen im Jahr!»

«Ein Leidensgenosse!» hatte ich gedacht, es aber für mich behalten, denn meine Herbstlaune war nicht mitteilsam.

«Sie dürfen schon länger Urlaub machen, wenn Sie wollen, aber dann kriegen Sie kein Geld, hat man mir beim Arbeitsamt gesagt», fuhr der Mann fort und fügte auf Deutsch hinzu: «Keine Musik, kein Geld!»

Inzwischen war der Mann weg, und ich selbst stand vor der Kasse.

«Werden Sie den Tag des Spaniertums würdigen?»

Ich kam von meiner Herbstwolke herunter:

«Den Tag des Spaniertums? Ach so, ist heute der 12. Oktober?»

«Ja, eben, und ich denke, Sie sind heute abend beim Empfang des spanischen Konsulats dabei.»

«Wieso?»

«Na ja, wichtige Leute, Intellektuelle und Schriftsteller werden dazu eingeladen.»

Wie ernst sie das mit den wichtigen Leuten, den Intellektuellen und den Schriftstellern meinte, konnte ich in meinem gemütlichen Dämmerzustand nicht erraten. Ich fragte auch nicht nach. Ich lallte nur irgend etwas vom Tag der Rasse. Es sollte spöttisch wirken, aber in jenem meinem Dämmerzustand wirkte es wahrscheinlich nur seltsam oder gar lächerlich.

Ich verabschiedete mich. Am Stöckach angelangt wunderte ich mich darüber, wie leicht mein Einkauf war. Mit Recht. In meinem Dämmerzustand hatte ich eine ganze Tüte an der Kasse liegengelassen. Also zurück. Unterwegs wurde ich von einem Portugiesen angesprochen. Auf Portugiesisch: Die Dame an der Kasse hätte ihn darum gebeten, dem Mann mit dem Bart und der Baskenmütze, sollte er ihn an der Straßenbahnhaltestelle antreffen, zu sagen, er hätte eine Tüte liegen gelassen.

Mir schien, die Stimme des Portugiesen verriet einen leicht spöttischen Unterton, was ich ihm keineswegs übelnahm. Vertrottelt wie ich an jenem 12. Oktober war, gab ich gewiß keinen würdigen Vertreter jenes Spaniertums ab, welches eine der wenigen ernstzunehmenden Existenzformen auf dieser Welt darstellt. Kein Wunder, daß ich nicht zur Feier ins Konsulat eingeladen worden war.

NUR VIER TAGE

An jenem Samstag im Dezember wollte ich Paella kochen, eine ganz besondere, mit allem Drum und Dran. Also begab ich mich in die Heinrich-Baumann-Straße, zu Teresa, wo ich alle für eine richtige Paella erforderlichen Zutaten gleichzeitig bekomme: die Muscheln und die Garnelen und den Fisch und die richtige Wurst, die die Spanier Chorizo nennen und die Deutschen mit Paprikasalami annähernd umschreiben. Unsere jüngere Tochter, die erste, die die elterliche Wohnung verlassen hat – vom elterlichen Haus zu reden, wäre Hochstapelei – war gerade aus Berlin gekommen, zum ersten Mal nach ihrem Umzug. Eine richtige Paella war als Empfangsessen geplant.

Kurz vor Weihnachten, hatte ich in Teresas Laden mit Massen von Käuferinnen und Käufern gerechnet. Es hielt sich aber in Grenzen. Bald war ich mit dem Aussuchen fertig und stand an der Kasse Schlange. Drei Personen standen vor mir. Als erste ein schmächtiges Männlein. Er hat Bacalao* und Mortadella gekauft, beides in einer größeren Menge. An der Kasse werden die Waren ausgewogen. 148,- Mark ergibt der Einkauf. Der schmächtige Mann zuckt leicht zusammen. Der Kassiererin entgeht sein leichtes Zucken nicht: «Es ist sehr viel.» Sie sagt es auf Italienisch. Der schmächtige Italiener hat nur einen 100-Mark-Schein bei sich. Er zeigt den Schein und sagt – auf Italienisch –: «Es ist zu wenig.» Teresa, Besitzerin und häufig auch Kassiererin des Ladens, zögert einen Augenblick, nur einen Augenblick. Dann reicht sie dem Männlein die beiden Tüten über die Theke, die mit dem Bacalao und die mit der Mortadella, und sagt:

---

* Luftgetrockneter, gesalzener Kabeljau

«Komm! Nimm es mit und komm später mit dem restlichen Geld vorbei!»

«Das ist schön», sagt der schmächtige Mann, «ich nehme es mit und komme bald wieder. Ich komme bald mit dem restlichen Geld wieder.»

«Ich weiß, daß du vorbei kommst. Arrivederci!»

Und weg ist das Männlein mit dem Bacalao und der Mortadella. An die Reihe kommt jetzt eine ältere Frau, die mich an meine hochgekommenen Schwestern erinnert. Sie hält sich für was Besseres und sie ist es auch:

«Mein Mann hat sich für Weihnachten Languste eingebildet», erzählt sie der Teresa auf Spanisch in einem Akzent, den ich nicht genau identifizieren kann. Von der spanischen Halbinsel kommt sie nicht.

«Languste hat sich Ihr Mann eingebildet?», erwidert Teresa. «Gönnen Sie sie ihm! Wir leben ja nur vier Tage.»

An die junge Portugiesin gewandt, die heute am anderen Ende des Ladens bedient, schreit sie über unsere Köpfe hinweg:

«Haben wir Languste?»

«Gefrorene Schwänze auf jeden Fall», gibt diese ebenfalls schreiend zurück.

Das mit den vier Tagen hat es offenkundig der nach etwas besserem aussehenden Frau angetan:

«Sie haben Recht! Wir leben ja nur vier Tage. Vom Leben haben wir sowieso hier in der Fremde nicht viel. Sobald mein Mann in Rente geht, kehren wir zurück. Was sollen wir hier? Unsere Söhne sagen uns, wir sollen hier bleiben, aber was sollen wir hier? Unsere Söhne wohnen in Kiel. Sie kommen zwar immer wieder zu Besuch, und es ist sehr schön, wenn sie kommen, vor allem wegen der Enkelkinder. Die sind sehr süß und sehr lieb und sie lieben ihre Oma sehr. Aber sollen wir immer nur auf ihre Besuche warten? Hier haben wir nichts, weder Familie noch

Freunde. Dort haben wir ein Haus, Freunde und Verwandte. Leid tut es mir schon, wegen der Enkelkinder und auch wegen der Frauen meiner Söhne. Sie sind wunderbar, meine Söhne haben wunderbare Frauen. Solche Schwiegertöchter gibt es bei uns nicht.»

Ich schmelze vor Rührung und würde mich am liebsten einmischen, ziehe es aber vor, so zu tun, als würde ich nicht zuhören, um die Mitteilungslust der beiden Damen nicht zu stören. Die besser aussehende Dame steht inzwischen etwas weiter vorne, links neben der Kasse. Sie ist fertig. Teresa beschäftigt sich schon mit dem nächsten Kunden, was sie nicht daran hindert, das Gespräch mit der feinen Dame fortzusetzen:

«Es ist gut so. Wir bleiben noch eine Weile da, bis unsere Söhne feste, ernstzunehmende Freundinnen haben. Was sie jetzt haben, sind nur Schlaffreundinnen. Ein paar Jahre noch. Dann kehren wir auch zurück. Allerdings haben wir dort nichts, keine Familie und keine Freunde. Wir müssen wieder bei Null anfangen.»

Die Dame verabschiedet sich. Der Kunde vor mir ist auch fertig. Jetzt komme ich an die Reihe. Teresa tippt meine Muscheln und Garnelen, meinen Fisch, meinen Stockfisch und meine Paprikawurst ein. Ich frage sie:

«Wo kommt die Dame her?»

«Aus Chile. Sie ist eine Politische, glaube ich, obwohl sie kein Wort darüber sagt. Eine Offiziersfrau ist sie auf keinen Fall.»

«Ich hatte mir beinahe gedacht, daß sie aus Chile kommt», erwidere ich nüchtern.

Mein Einkauf macht 78,65 DM. Teresa stutzt. Sie fängt wieder zu rechnen und zu zählen an. Etwas stimmt nicht. Ich frage:

«Soll ich alles wieder auspacken?»

Wie in Gedanken verloren sagt sie:

«Ich glaube, ich habe Ihnen zuviel berechnet. Die Summe kommt mir zu hoch vor.»

Sie wiederholt das Ganze noch einmal. Beim Stockfisch stockt sie und entdeckt den Fehler:

«Ich habe Ihnen sieben Mark zuviel berechnet.»

Sie korrigiert den Kassenzettel. Ich zahle. Sie holt aus dem hinteren Regal ein Glas mit Henkel voll mit eingelegten Oliven:

«Wollen Sie ein Weihnachtsgeschenk?»

«Aber gern! Ich liebe ja eingelegte Oliven.»

Wir verabschieden uns, ohne uns frohe Weihnachten zu wünschen, denn ich habe angekündigt, am Vormittag des 24. vorbeikommen zu wollen, um *langostinos* zu kaufen. Keine Languste wie die besser aussehende Dame aus Chile, aber immerhin *langostinos*, denn letzten Endes lebe auch ich nur vier Tage.

ENDLICH DEUTSCHER!

Für meine Einbürgerung mußte ich nur einmal Schlange stehen und zwar erst ganz am Schluß, anläßlich der Urkundenverleihung. Wahrscheinlich wäre es korrekter, von der Urkundenüberreichung zu reden, denn Verleihung erinnert an einen Preis, und ich hatte keinen Preis gewonnen. Es sei denn, wir betrachten die Einwilligung des deutschen Staates in mein Einbürgerungsbegehren als Belohnung für mein vorbildliches Verhalten als Gastbürger. Anders ausgedrückt: Es kann ja sein, daß der Entschluß des deutschen Staates, mich von da an als einen seiner gewöhnlichen Staatsbürger, also als Deutschen, zu betrachten, und wenn nicht zu betrachten, dann doch mindestens als solchen zu behandeln, was auf dasselbe hinausläuft, denn was spielt es für eine Rolle, wie du mich betrachtest, wenn du mich gut behandelst, oder umgekehrt, was spielt es für eine Rolle, wie du mich betrachtest, wenn du mich schlecht behandelst... Jetzt habe ich den Faden verloren. Tatsache ist, daß dieser Staat sich dazu durchgerungen hatte, mich in seinen fürsorglichen Schoß aufzunehmen, und daß diese großzügige Geste mich ein halbes Monatsgehalt gekostet hatte. Nein, nein, kein Schmiergeld, es handelte sich um eine ordentliche Gebühr, die ich an die Staatskasse zu entrichten hatte. Der Führerschein ist ja noch teurer. Tatsache ist ebenfalls, daß der deutsche Staat sich für die Verleihung der deutschen Staatsbürgerschaft eine beinahe feierliche Überreichung der Einbürgerungsurkunde ausgedacht hatte, was der Feierlichkeit der Stunde wahrhaftig entsprach, denn ich sollte dabei schließlich in den Stand eines Deutschen erhoben werden. Stellen Sie sich vor, ich hätte eine solche Urkunde per Post zugestellt bekommen, in einen gewöhnlichen Umschlag gesteckt, mit einer gewöhnlichen Marke frankiert. Ich wäre enttäuscht gewesen. Sie vielleicht nicht, aber ich auf jeden Fall, denn ich bin ein notorischer Romantiker, als Spanier sowieso und als Deutscher erst recht. Wobei ich bis dahin noch kein Deutscher war... Aber immerhin war ich schon ein Deutscher im Werden.

Also kriegte ich per Post – oder war es per Boten? – die Mitteilung, daß ich mich am 19. Dezember um 10.15 Uhr beim Amt für öffentliche Ordnung zwecks Entgegennahme der Einbürgerungsurkunde einzufinden hätte.

Der 19. Dezember 1984 war nicht besonders winterlich, und es roch überhaupt nicht nach Weihnachten. Da ich auf Feierliches vorbereitet war, hatte ich meine besseren Jeans und meinen neuen Pullover angezogen, einen wunderschönen blauen Pullover aus Kaschmir und Alpakawolle, den mir meine Frau gerade gestrickt hatte, nicht gerade zum Anlaß gestrickt, aber immerhin zum Anlaß passend. Eine mir bisher unbekannte, unscheinbare, überaus sachliche und ausgesprochen freundliche Frau ließ mich Formulare für die Paßbehörde und für das Einwohnermeldeamt ausfüllen und begleitete mich vor die Tür des Abteilungsleiters, wo ich warten sollte, bis ich aufgerufen würde. Ein bißchen enttäuscht – warum denn eigentlich? – mußte ich feststellen, daß ich nicht der einzige Wartende, also vielleicht nicht der einzige an jenem Tag Einzubürgernde war. Eine sitzende Schlange hatte sich schon vor meiner Ankunft gebildet. Sie bestand aus einer Familie und einem einzelnen Mann. Die Familie – Mann und Frau in meinem Alter, Tochter in der Pubertät – saß still da und wartete, sie wartete sogar erwartungsvoll, und sie hatte sich in Schale geworfen. Also doch, Einzubürgernde, dachte ich mir, indem ich vergeblich versuchte, das Ursprungsland jener Familie ausfindig zu machen. Keine besonderen Merkmale: keine dunkle Haut, kein dunkles oder gar krauses Haar, nicht auffällig groß und auch nicht auffällig klein, und da sie nicht sprachen, konnte ich mich nicht einmal am Klang ihrer Sprache orientieren. Ehe ich Zeit gehabt hätte, den anderen Wartenden eingehend zu prüfen, öffnete sich die Tür des Abteilungsleiters. Er kam heraus und rief einen Namen. Die Familie erhob sich, der Abteilungsleiter gab allen dreien die Hand, alle vier gingen hinein. In meinen Ohren hatte der Name jugoslawisch geklungen.

Jetzt hatte ich Zeit, den wartenden Mann eingehend zu beobachten: Etwa zehn Jahre jünger als ich, vielleicht arabisch aussehend, neugeschoren und frisch gekämmt, glattrasiert, feiner Schnurrbart, dunkelblauer Maßanzug, weißes Hemd, tadellos weiß, dunkle Krawatte, feiner Schal, spitze Schuhe, glänzend. Er saß aufrecht da. Ich ging auf und ab. Irgendwann öffnete sich die Tür des Abteilungsleiters wieder. Die ehemalig jugoslawische Familie kam strahlend heraus und ging. Der Abteilungsleiter stand unentschlossen vor der offenen Tür. Ich blieb ein paar Meter vor ihm stehen. Er schaute mich an, schaute dann an mir vorbei, sah den feinen sitzenden Herrn und sprach ihn an: «Herr Aparicio, bitte.» «Das bin ich», sagte ich vergnügt. Der Abteilungsleiter erholte sich rasch, gab mir die Hand und ließ mich ins Zimmer vor. Wir setzten uns − gleich würden wir gleichwertige Bürger eines demokratischen Staates werden! − an einen runden Tisch. Der Abteilungsleiter überreichte mir die Einbürgerungsurkunde und beschwor, halb verlegen, halb rituell:

«Mögen alle Wünsche in Erfüllung gehen, die Sie mit diesem Schritt verbunden haben.»

Für einen kurzen Augenblick hegte ich den leisen Verdacht, der Abteilungsleiter erwartete oder wünschte zumindest, ich möge ihm jene Wünsche verraten, die ich mit diesem Schritt verbunden hatte. An einem anderen Tag hätte ich ihm vielleicht den Gefallen getan. An jenem 19. Dezember war ich nicht gesprächig. So bedankte ich mich knapp, halb verlegen, halb vergnügt. Der Abteilungsleiter erhob sich, ich erhob mich. Der Abteilungsleiter begleitete mich hinaus und gab mir die Hand. Er rief einen neuen Namen auf, aber ich achtete diesmal nicht mehr auf den Klang des Namens.

Mit meiner Einbürgerungsurkunde gewappnet begab ich mich zur Paßstelle und bekam dort nach kurzem, schlangenlosem Warten meinen neuen Paß. Mit meiner Einbürgerungsurkunde und meinem neuen Paß gewappnet begab ich mich zum Einwohnermeldeamt, wo ich nach langem, schlangenmäßigem Warten meinen neuen Personalausweis bekam.

Mittag war vorbei. Es war sonnig und kalt. Ein scharfer Ostwind ließ mich in die warme Stube eilen. Meine Töchter empfingen mich nüchtern:

«Bis du jetzt ein Deutscher?»

Es ließ sich kaum leugnen.

Des Esels Heimat

Gerade vom Stand eines Spaniers in den eines Deutschen erhoben, unternahm ich im Dezember 1984 eine Reise. Nach Spanien. Per Bahn. («Wie werde ich mich fühlen, wenn ich mit meinem neuen Paß Grenzen überschreite?») Weihnachten stand vor der Tür. Die Züge gen Süden waren überfüllt. Ich stieg in München ein. In Lindau schenkten die deutschen Polizisten meinem Ausweis und mir kaum Beachtung. Früher hatten sie in meinem Paß gewissenhaft bis gierig geblättert, auf der argwöhnischen Suche nach Lücken in der Qualität und Quantität meiner Erlaubnisse. Jedesmal war es mir mulmig geworden. Insgeheim hatte ich immer mit einem Ausbruch von Willkür gerechnet. Die Erlaubnisse, selbst die festesten und dichtesten, hatte ich immer als wackelig empfunden. Nun schützte mich vor Willkür ein regelrechter Anspruch.

Kaum Beachtung schenkten meinem Ausweis und mir auch die österreichischen Polizisten. Gleichgültig verhielt sich die schweizer Polizei, gleichgültig und höflich. In Genf aber, vor den Toren Frankreichs, fühlte ich mich um Jahrzehnte zurückgeworfen. Eine Schlange von Bilderbuchgastarbeitern, still und bepackt, wartete geduldig bis resigniert darauf, daß die französische Grenze geöffnet würde. Spanier waren die meisten in der Schlange, die meisten aus Galizien, die meisten in meinem Alter, die meisten still, die meisten müde. Irgendwann öffnete sich ein Gitter. Ein enger Gang, eng und lang, der mich an ich weiß nicht welche Erzählung Kafkas erinnerte, zwang uns dazu, einzeln zu gehen, einzeln vor die Augen eines lauernd versteckten französischen Polizisten zu treten, der uns hochnäsig musterte und unsere Pässe kontrollierte. Für meinen Paß benötigte er weniger Zeit als für den Paß der Spanier vor mir. Am Ende des unendlichen Ganges Frankreich. Aufatmen. Trotz meines deutschen Passes war es mir doch wieder mulmig geworden.

In der klammen Morgendämmerung des 24. Dezember kommt unser Gastarbeiterzug in Port-Bou an, wo sich wieder eine Schlange von Bilderbuchgastarbeitern bildet, welche noch stiller, noch müder, noch geduldiger, noch resignierter nach der langen Zugnacht, draußen vor der Tür warten müssen, bis eine Flügeltür halb geöffnet wird, damit die müde Menschenschlange die unendliche Strecke bis zur Schalterhalle des spanischen Bahnhofs zurücklegen kann, vorbei an braununiformierten, sich breitbeinig aufpflanzenden spanischen Polizisten. Einer kontrolliert die Pässe. Als er in meinem Paß blättert, flackert in seinen Augen ein Funke genüßlichen Hohns, als möchte er mir sagen: «Ein toller Deutscher bist du! Ein Don Nadie, ein Herr Niemand aus Villadiego, einem unbedeutenden Ort Kastiliens.»

Sonst war alles normal, auch bei meinen alten Freunden in Spanien, die es normal fanden, daß ich jetzt «Deutscher» bin. Sie freuten sich nicht darüber und waren auch nicht traurig. Sie gratulierten mir nicht und sie machten auch nicht die leiseste Andeutung eines Vorwurfes. Der Esel ist eben da zu Hause, wo er frißt. Da ich mir in Deutschland mein Futter verdiene, ist es nur normal, daß ich ein deutsches Schild trage. Aber nicht weniger normal ist es, daß dieser Esel, Schild hin oder her, bis zu seinem letzten Atemzug penetrant nach seinem ersten Stall riechen wird. Ausweise machen eben keine Esel.

ARM, ABER EDEL

Wer auf einen Bus oder auf eine Straßenbahn wartet, steht nicht Schlange, es sei denn in England, sondern er steht rum. Ist es nicht zu kalt, kann er auch sitzen, rumsitzen. Manchmal lohnt es sich beim Warten, nicht einfach rumzustehen oder rumzusitzen, sondern an strategischen Punkten der jeweiligen Haltestelle zu stehen, ja auszuharren. Jede Haltestelle hat ihre strategischen Punkte, von wo aus ein schneller Einstieg zu schaffen und dadurch ein Sitzplatz zu ergattern ist. Kenner kennen solche Punkte. Wer mit Einkaufstüten beladen auf den Bus oder auf die Bahn wartet, weiß den Wert eines strategisch günstigen Einstiegs zu schätzen. Ältere Damen mit und ohne Einkaufstüten sind in dieser Kunst unübertrefflich, und entsprechend energisch kämpfen sie um Positionen. Selbst wenn ich mit Einkaufstüten vollbeladen bin, versuche ich nicht, mit älteren Damen um die strategischen Einstiegspunkte zu kämpfen, teils aus Respekt vor dem Alter, teils weil ich aus Erfahrung gelernt habe, daß es kaum was Sinnloseres gibt, als mit einer alten Dame um das eigene Schlangenrecht zu streiten, vor allem dann, wenn jene Dame eindeutig im Unrecht ist. Ich lasse sie also grundsätzlich vor.

Auch heute Mittag war mir nicht nach solchen Scharmützeln zumute. Ich hatte Zeit. Und trotzdem hatte ich es eilig. Warum, weiß ich selber nicht. Erst um 12.00 Uhr mußte ich in der Schule sein. Höchstens zehn Minuten Fahrt bis zum Charlottenplatz und dann etwa sieben Minuten zu Fuß. Also locker. Trotzdem nervten mich die zu überbrückenden sechs Minuten Wartezeit. Bis ich mir dann dachte: «Bist du bescheuert? Du hast doch Zeit! Sechs Minuten. Erlebe sie doch!» Und ich habe angefangen, jene sechs Minuten zu erleben. Auf der anderen Straßenseite ist es sonnig. Ich gehe rüber. Und auf einmal geht mir auf, daß das Eckhaus gegenüber, mit dem Fotogeschäft Bergmeister unten, das Haus der Familie Holzinger gewesen ist. Im ersten Stock sehe ich, wie Frau und Herr Holzinger ungeschickt mit dem Gas herumhantieren. Es will nicht klappen. So holt er ein Gift aus seinem Giftschrank. Er ist ja Arzt. Geben sie sich einen letzten Kuß? Legen sie sich zum Sterben hin? Wie fand man sie vor? Fest umschlungen? Würde ich mir mit meiner Frau zusammen das Leben nehmen, würde ich sie fest umarmen und so sterben wollen.

Dieser Gedanke macht mir Angst. Ich wende mich wieder den Holzingers zu, versuche mir vorzustellen, wie ihre Leichen runtergetragen werden. Trug ihre Totenkleidung den Judenstern? Ich drehe mich um und gucke nach oben. Alle Fenster schweigen.

Meine Visionen werden von einer Nonne jäh unterbrochen, die neben mir auftaucht und flink, aber gemäßigten Schrittes über die Straße geht, auf die Straßenbahnhaltestelle zu. Eine junge Nonne, nicht sehr nonnenhaft, aber nonnenhaft genug. Wer sehr genau und sehr gezielt hinschaut, kann weibliche Formen ahnen. Das tun offensichtlich auch zwei ziemlich verwahrloste Burschen, die kurz nach der Nonne neben mir aufgetaucht sind. Sie gehen nicht über die Straße. Sie bleiben auf meiner Seite stehen, einige Meter von mir entfernt, und deuten auf die Nonne, die inzwischen auf der anderen Straßenseite steht und sich die Postkarten vor dem Fotogeschäft anschaut. Sie lachen und lassen dabei Bemerkungen fallen, die ich nur ahnen kann. Ihre Gestik läßt auf Zoten der übelsten Sorte schließen. Jetzt gesellt sich zu ihnen ein spindeldürres, fleischloses Weib, noch verwahrloster als die zwei. Sie hakt sich bei beiden ein und alle drei ziehen von dannen, nicht ohne einen letzten Blick auf die Nonne zu werfen und vermutlich eine letzte Zote fallen zu lassen. Jetzt, wo ich die unappetitliche, fleischlose Partnerin der beiden Burschen zu Gesicht bekommen habe, wundere ich mich nicht mehr darüber, daß sie sich von der Nonne gereizt fühlen: Keusches Fleisch, aber immerhin Fleisch.

Inzwischen ist die Straßenbahn da hinten, ganz klein, aufgetaucht. Etwa zwei Minuten noch. Zeit zum Rübergehen auf der Suche nach einer strategischen Einstiegsposition. Ich gehe also rüber. Es warten mindestens fünfzehn Personen. Mir fallen zwei Frauen mit Kinderwagen auf. Beide sind eindeutig keine Deutschen. Ein tröstlicher Gedanke schießt mir durch den Kopf: «Solange es in diesem Land nicht nur Deutsche gibt, werden die Deutschen nicht aussterben.» Auf der Suche nach einem strategischen Punkt schaue ich beim Vorbeigehen in den einen Kinderwagen. Es sitzt drinnen ein Bub so dick, daß meine Mutter entzückt gewesen wäre. Wenn sie von Babies lobend sprach, war für sie die Bezeichnung «schön» synonym für dick. Ein schönes Baby hatte einfach dick zu sein. Kein Wunder, denn sie hatte mich, den Bruder vor mir und den hinter mir in Hungerszeiten großgezogen.

Vom Gedanken an meine Mutter werde ich durch eine Wespe abgelenkt. Sie sitzt auf dem Schnuller neben dem Kopf des dicken Kindes, dessen Schnute einen Schokoladenrüssel aufweist. Darauf ist sicher die Wespe scharf. «Auf dem Schnuller Ihres Kindes sitzt eine Wespe!» Die junge Mutter ist erschrocken und fuchtelt aufgeregt um den Kopf des Kindes herum. Ich fürchte um das Baby, aber die Wespe scheint von der kinderfreundlichen Sorte zu sein, denn sie haut ohne zuzustechen ab.

Die Straßenbahn ist jetzt deutlich zu hören. Wir gehen in strategische Stellung. Dabei läßt ein alter Mann seine Bild-Zeitung fallen. Halb gefaltet liegt sie auf dem Boden neben den Gleisen: drauf ein überdimensionales, abgemagertes

Gesicht und die Überschrift: «Willy Brandt ist tot.» Ich sage dem alten Mann: «Sie haben Ihre Zeitung verloren.» Er hebt flink die Zeitung auf und bedankt sich mit einem breiten Lächeln. Heute ist offensichtlich mein Pfadfindertag. Jetzt fehlt nur noch ein Blinder, dem ich in letzter Sekunde beim Überqueren der Straße helfen könnte. Kein Blinder in Sicht. Dafür aber die 4, die quietschend und ratternd und knatternd anhält. Meine Pfadfindertat mit der verlorenen Zeitung hat mich um die strategisch günstige Position gebracht. Als ich einsteige, finde ich einen einzigen freien Platz vor, direkt neben dem Eingang, wo eine der jungen Mütter gerade dabei ist, den Kinderwagen zu parken. So überlasse ich ihr den einzigen freien Platz. Ich bin ja ein Kavalier. Ich handle nach dem alten Motto des spanischen Edelmannes: «Pobre pero honrado» – «Arm aber edel». Noch einige Stufen höher als die Pfadfindermentalität. Während ich dastehe und mit der ratternden Straßenbahn hin- und herschwanke, denke ich mir: «Du bist doch spanischer, als du zugeben willst.» Und ich weiß nicht, ob ich das als Lob oder als Tadel auffassen soll.

EIN GRUNDGESETZ

Ein Grundgesetz der Schlangenkunde lautet: Sind zwei Schlangen da, stellen wir uns immer bei der falschen an. Oft versuche ich vergeblich, diesem Gesetz zu trotzen, indem ich, sobald es mir klar wird, daß meine Schlange wesentlich langsamer kriecht als die nebenan, die Schlange wechsle. Und siehe da, kaum rübergewechselt, da kriecht meine alte Schlange merklich schneller, während meine neue eindeutig träger dahinschleicht. Machtlos muß ich dann zusehen, wie die Dame, die an der anderen Schlange hinter mir stand, dabei ist, ihre Sachen zu packen, während mich noch einige Meter von der Kasse trennen. Wehe, du versuchst ein zweites Mal, die Schlangengesetze zu überlisten, indem du reumütig, aber auch hoffnungsvoll in deine alte Schlange zurückkehrst. Sie scheint deine Untreue zu spüren, und prompt verlangsamt sie ihr Kriechen, sobald du dich wieder bei ihr eingereiht hast. Es scheint doch Naturgesetze zu geben.

Ähnlich ergeht es mir häufig mit der Bahn und dem Bus. Bei uns in der Nähe gibt es eine Haltestelle der Straßenbahn 15 und eine vom Bus 42. Beide sind nah beieinander, aber von uns aus auf verschiedenen Wegen erreichbar. Der kürzere Weg zum Bus führt am Wagenburggymnasium, der zur Straßenbahn am anthroposophischen Lehrerseminar vorbei. Fahre ich in die Stadtmitte, kann ich sowohl die Bahn als auch den Bus nehmen, muß mich aber schon beim Verlassen des Hauses für eines von beiden entscheiden, um den entsprechenden Weg einzuschlagen. Es ist wie verhext: Entscheide ich mich für den Weg zum Bus, muß ich warten, um beim Warten machtlos erkennen zu müssen, wieviel klüger es gewesen wäre, mich für die gerade davonfahrende Straßenbahn zu entscheiden. Entscheide ich mich für die Straßenbahn und warte auf sie, vernehme ich das unverwechselbare Summen und Surren des an mir vorbeifahrenden Busses.

Nicht viel anders ergeht es mir, wenn ich im spanischen Geschäft am Stöckach einkaufe: Die nächstliegende Haltestelle zum Heimfahren ist die der Straßenbahn 4 beim Karl-Olga-Krankenhaus. Damit kann ich zum Ostendplatz und von da aus mit dem Bus 42 weiterfahren. Nachdem ich gerade an dieser vermeintlich günstigsten Stelle die 4 immer wieder verpaßt hatte, sagte ich mir in einem Anfall von Klugheit: «Ein paar Schritte weiter, und du bist am Stöckach. Das erhöht deine Chancen um das Vierfache, denn dort kannst du sowohl mit der 1, der 2 oder der 4 bis zum Charlottenplatz fahren als auch in die 4 zum Ostendplatz einsteigen.» Von wegen! Versuche ich dieses kluge Manöver, scheinen sämtliche vier Bahnen sich gegen mich verschworen zu haben.

Obwohl das Warten am Stöckach mit zu den städtischen Erlebnissen gehört, die ich nur meinen schärfsten Feinden wünsche, denn die Luft ist dort nicht nur riechbar, sondern fast sichtbar, erlebte ich dort beim Warten vor kurzem etwas Sonderbares:

Es standen dort auf dem gegenüberliegenden Bahnsteig ein alter Mann und eine alte Frau. Sie wirkten fremd und sogar verloren, aber ausgesprochen würdig. Er trug einen hellbraunen Anzug über einem makellos weißen Hemd, sie ein dunkles Kleid und ein dunkles Kopftuch, allerdings nicht nach vorne über die Stirn gezogen. Die Haare waren vorne sichtbar. Es wirkte nicht religiös oder sittlich, sondern einfach praktisch und schön. Sie warteten und schauten sich dabei nach allen Seiten um. Auf irgend jemanden warteten sie, nicht nur auf die Straßenbahn. Ihre Blicke hielten auf einmal inne. An der Ampel auf der anderen Straßenseite stand eine Mutter, Mitte dreißig, mit drei Kindern.

Die zwei Buben dürften acht und zwölf gewesen sein, das Mädchen zehn. Als es grün wurde, kamen sie über die Straße auf das alte Paar zu, und die Kinder küßten dem alten Mann die Hand. Mehr konnte ich nicht sehen, weil eine meiner vier Bahnen dazwischen fuhr und ich die Gruppe aus den Augen verlor.

Ich dachte an meinen kurdischen Freund Sami, der mir erzählt hatte, als er noch im Dorf wohnte, hätten sie als Kinder den alten Männern die Hand geküßt. Ich dachte auch an meine Kusine, die im Dorf meines Vaters auf der spanischen Hochebene lebt. Auch sie hatte mir neulich erzählt, wie sie als Kinder den alten Männern die Hand küssen mußten.

Ich hatte davon gehört. Jetzt hatte ich es selber gesehen, nicht in einem kurdischen oder spanischen Dorf, sondern mitten in der ach so modernen Stadt Stuttgart. Ich war gerührt, aber auch angewidert. Die Geste hat für mich einen bitteren Beigeschmack. Auch wir als Kinder haben Hände geküßt. Nicht die der alten Männer, sondern die der Pfarrer, jung und alt. Lief uns auf der Straße ein Pfarrer über den Weg, mußten wir stehenbleiben und ihm, ob wir ihn kannten oder nicht, die Hand küssen. Manche Hand war warm, manche kalt, manche war trocken, manche verschwitzt, manche roch nicht, manche stank, manche war glatt, manche haarig. Antiklerikale Kräfte trauten sich nicht, jene Unsitte als einen Ausdruck der untertänigen Verehrung, als ein Relikt feudaler Zeiten zu beanstanden. Antiklerikale hatten es in jenen Jahren meiner Kindheit schwer. Deswegen beanstandeten sie jene Unsitte aus hygienischen Gründen. Lange währte sie sowieso nicht mehr. Mit der Zeit ging sie verloren, sicher nicht nur aus hygienischen Gründen.

Vor lauter Erinnerungen und Gedanken hätte ich fast vergessen, am Charlottenplatz umzusteigen.

DEN EINSATZ NICHT VERPASSEN

An Warnungen hatte es nicht gefehlt:
«Nimm viel Geduld mit… und einiges zum Essen! In der Augenklinik in Tübingen kann es sehr lange dauern.»

Ich wunderte mich, wie viele Menschen die Augenklinik in Tübingen kennen und wie einhellig deren Meinung über die Wartezeiten ausfällt.

Nach Tübingen in die Augenklinik hatte mich mein Augenarzt geschickt, denn er selbst kam nicht weiter und hoffte, seine renommierten Kollegen würden schon herausfinden, was mir fehlt. Hoffentlich tun sie das. Bisher haben sie auch nicht mehr herausgefunden als mein Augenarzt.

Ihrem Ruf entsprechend ist der Wartesaal der Augenklinik tatsächlich auf langes Warten angelegt. Er macht keinen Hehl daraus, daß er ein Wartesaal ist. Ein langer, breiter Gang mündet in eine Art Diele, viereckig und mit Säulen in der Mitte, die sich in einem kurzen, breiten Gang fortsetzt. An den Wänden der Gänge und der Diele stehen orangefarbene Plastikstühle. Orangefarbene Plastikstühle auch um die Säulen rum und zwischen den Säulen. Etwa siebzig orangefarbene Plastiksitze stehen insgesamt da. Als ich dort ankomme, sind etwa fünfzig Stühle besetzt. Wären die Sitze nicht orangefarben und aus Plastik, sondern aus Holz, würde ich mich in einen alten Wartesaal jener Bahnhöfe zurückversetzt fühlen, die aus einem Schalterraum, einem Warteraum, einem Zeitungskiosk und einer Wirtschaft bestanden, in jenen Wartesaal des Bahnhofs meiner Heimatstadt zum Beispiel, zu jener fernen Zeit, wo es vorkommen konnte, daß im Winter ein Zug wegen Schneetreibens sich zehn Stunden verspätete. So saßen jene, die auf Anschluß warteten, geduldig bis resigniert im Wartesaal, denn draußen war es Nacht und bitter kalt. Ganze Familien, wortwörtlich mit Kind und Kegel, lagerten dort: Kinder schliefen oder weinten, Mütter trösteten oder fütterten müde Kinder, Männer rauchten und spielten Karten mit anderen Männern, deren Frauen Kinder trösteten oder fütterten. Ganz so war es im Wartesaal der Augenklinik zu Tübingen nicht, obwohl mir als erstes eine stillende Mutter auffiel. Sie saß in einer stillen Ecke, ihr Mann neben ihr. Sie stillte, halb verstohlen allerdings, ein Kind, während ihr Mann nicht rauchte, nein, er spielte auch nicht Karten, er hielt ein zweites Kind auf seinem Schoß. Nein, er stillte es nicht.

Zwei große Schalter in der großen Wartediele betonten noch deren Bahnhofscharakter. «Ziehen Sie eine Nummer!» wurde mir an einem der Schalter bedeutet. Aus einem Automaten rechts vom Schalter zog ich eine Nummer: 86! Und dabei war es erst 8.50 Uhr! Ich schaute mich nach einem ruhigen Sitzplatz um. Am ruhigsten wäre die stille Ecke gewesen, wo die stillende Mutter saß, aber zu ihr setzte ich mich nicht, denn ich wollte mich nicht dem Verdacht aussetzen, ich sei ein Voyeur. So entschied ich mich für einen leeren Sitz neben einer der Säulen, links von einem alten Mann, der genüßlich an einer frischen, knusprigen Brezel kaute. Verführerisch. Trotzdem holte ich meine Butterbrote nicht aus meiner Tasche. (Wer weiß, wie lange das Warten dauert. Deine Vorräte mußt du gut dosieren.) Statt eines Butterbrotes holte ich ein Buch aus meiner Tasche, einen Roman von Alfred Döblin: *Pardon wird nicht gegeben*. Meine Tochter Julia hatte ihn mir empfohlen: «Es ist dein Thema: Die Mütter!» Das versprach, wenn nicht unbedingt Abwechslung, dann doch Spannung, und Spannung brauchte ich, um das lange Warten ohne sichtliche Schäden zu überleben. Meine reichliche Erfahrung im Warten hat mich gelehrt, daß mich beim Warten nichts so sehr die Zeit vergessen läßt wie eine spannende Erzählung. Ich zog also den Roman von Döblin aus der Tasche und fing zu lesen an. Er beginnt vielversprechend:

«In ihren schwarzen Kleidern warteten sie auf dem kleinen ungedeckten Bahnsteig, die Mutter unbeweglich in der heißen Sonne zwischen zwei Bauersfrauen...»

Trotzdem konnte ich mich nicht auf die ausgesprochen spannende Lektüre konzentrieren, denn alle paar Minuten verkündeten billige Lautsprecher einen Namen und eine Zimmernummer. Die Lautsprecher hatte die Augenklinik ohne Zweifel im Sonderangebot erworben, denn mehr Geräusche als Worte strömten aus ihnen heraus. Außerdem herrschte im Raum eine rege, kommunikative Stimmung: Angeregt plauderten Menschen miteinander in äußerst ungewöhnlich hohem Ton. Nein, nicht nur und nicht gerade die Nichtdeutschen. Unverkennbare Schwaben teilten in unverkennbarem Schwäbisch schwäbische Erfahrungen miteinander. Dagegen versuchte sich immer wieder eine Meldung aus dem Lautsprecher durchzusetzen. (Welcher Name war das wieder? Und die Zimmernummer?) Ich wünschte mir jene verpönten Zeiten zurück, als Deutsche sich in öffentlichen Räumen still und verhalten verhielten, wie in einer Kirche halt. Obwohl ich Nummer 86 besaß, hatte ich Angst, meinen Einsatz zu verpassen.

Wieder fühlte ich mich an alte Zeiten erinnert, diesmal allerdings nicht ganz so alt, ich fühlte mich ins Jahr 1971 nach Berlin zurückversetzt, in einen viereckigen, rauchigen, überfüllten, überdimensionalen Wartesaal des Ausländeramtes, wo schon um 7.30 Uhr Hunderte darauf warteten, aufgerufen zu werden, um ihre Aufenthaltserlaubnis zu beantragen. Auch dort hatte ich Stunden warten müssen, mehrere Male, denn zunächst bekam ich eine Aufenthaltserlaubnis für drei Monate, dann eine für sechs Monate, dann eine ganz großzügige für ein Jahr, jedesmal nach stundenlangem Warten in jenem überfüllten, penetrant nach Rauch und Menschlichkeit riechenden Wartesaal des Berliner Ausländeramtes. Auch dort hatte ich kaum eine Zeile lesen können, daran hatte mich meine Angst gehindert, meine Angst, meinen Einsatz zu verpassen. Und wer weiß, was passieren würde, würde ich meinen Einsatz tatsächlich verpassen. Warum diese Angst? Eine noch viel ältere Geschichte steht wahrscheinlich Pate für diese meine immer wiederkehrende Angst.

Ich muß um die sieben gewesen sein, als unsere ganze Schule zum Impfen gebracht wurde. Das Gesundheitszentrum war ein niedriges Gebäude mit langen Gängen und kleinen Sälen. In einem dieser kleinen Säle wurden wir registriert und weitergeschickt. Aber wohin? Auf einmal stand ich da, auf unerklärliche Weise alleine in einem riesigen Gang. Wo muß ich denn hin? Vielleicht bin ich schon geimpft worden. Vielleicht war die Eintragung schon die Impfung. Ich fühlte mich verloren und verlassen in jenem langen Gang, wo unerklärlicherweise kein Mensch außer mir stand. (Vielleicht sind schon alle weg. Doch, sicher sind alle weg.) Und ich rannte davon. Ungeimpft. Nach Haus.

«Bist du schon geimpft?»

«Ja, doch!»

In den Tagen und Wochen danach zeigten die anderen Kinder stolz und neugierig jene angeschwollenen zwei Striche am obersten Ende des linken Oberarms vor. Bei mir war erstaunlicherweise nichts zu sehen, nicht einmal die zwei Striche.

«Na, ja, nicht bei jedem zündet es!» beruhigte mich und sich meine Mutter.

Fast fünfzig Jahre später sitze ich im Wartesaal einer Augenklinik in Deutschland und habe Angst, wieder einen wichtigen Einsatz zu verpassen. Ich konzentriere mich jedesmal mit all meinen Sinnen, wenn die billigen Lautsprecher einen Namen verkünden. Nach einer Weile beruhige ich mich ein bißchen: Nicht ohne Mühe, aber einigermaßen eindeutig kann ich zwischen deutschen und undeutschen Namen unterscheiden. Die deutschen Namen fließen dem Sprecher leicht von der Zunge, bei den undeutschen muß er sich Mühe geben. Ein Trost. Bei meinem Namen wird er sich so sehr anstrengen müssen, daß ich ihn auf jeden Fall verstehe. Von daher habe ich keine Angst mehr, meinen Einsatz zu verpassen. Bloß, jetzt muß ich aufs Klo. Oh Gott! Schon wieder kommt mir eine alte Warteerfahrung in den Sinn:

Mein erster Flug, als ich zweiundzwanzig war, ging von Madrid-Barajas aus. In der Aufregung mußte ich zu unpassender Zeit pinkeln. Also ging ich aufs Klo. Als ich rauskam, waren die Fluggäste, mit denen ich vorhin das Warten geteilt hatte, alle weg, und aus den tadellosen Lautsprechern tönte es: «Letzter Aufruf für den Fluggast Guillermo Aparicio...»

Wenn ich jetzt aufs Klo gehe, geht es mir gewiß wie damals in Madrid: Ich verdränge mein dringendes Bedürfnis. Das Dringende zu verdrängen, das ist nicht das Wahre. Also rein, schnell meinem Bedürfnis nachgegeben, wieder festgestellt, daß es langsamer geht, wenn es besonders schnell gehen soll, und raus! Nein, die Lautsprecher verkünden nicht meinen Namen. Du warst so kurz auf dem Klo..., wäre inzwischen dein Name umsonst verkündet worden, würde jetzt sicher eine Wiederholung kommen. Ich spitze meine Ohren. Nein! Lauter deutsche Namen sind in den nächsten fünf Minuten zu vernehmen.

Ich setze mich wieder hin, diesmal im Gang direkt unter einen Lautsprecher. Nein, zu lesen versuche ich nicht mehr. Links von mir sitzen ein mittelalter Mann und eine mittelalte Frau. Auf Türkisch unterhalten sie sich angeregt mit einem jüngeren Mann, der ihnen gegenüber, an die

54

Wand gelehnt, auf dem Boden hockt und mit seinem Schlüsselbund rumfummelt, als sei er ein Rosenkranz. Mehrere Männer und ein paar Kinder kauen jetzt an ihren frischen Brezeln. Jetzt lasse ich mich doch verführen, hole ein Butterbrot aus der Tasche und beiße, nur einmal beiße ich, denn ich möchte nicht kauend vor des Doktors Antlitz treten. Merkwürdig, nur etwa die Hälfte der Wartenden trägt eine Brille. Eine alte Frau mit Demutsknoten verabschiedet sich («Aufwiedersähe!») von ihren Beisitzenden, als wären sie alte Bekannte. Der Witzbold vom Dienst kommentiert: «Hoffentlich nicht!» Alle lächeln. Ich gucke betont grimmig. Ein undeutscher Name wird aufgerufen. Das bin doch ich. Gut, daß ich von meinem Butterbrot nur einmal runtergebissen habe. Zimmer 2. Jawohl! Drei Stunden und siebzehn Minuten sind seit meiner Ankunft heute früh vergangen. Zimmer 2. Ich klopfe an. Ein junger Arzt in Weiß sitzt an einem Tisch in einem fast vollständig verdunkelten Raum. Nur seine Schreibtischlampe spendet Licht. Er bedeutet mir mit einem kaum vernehmbaren, eindeutig als berlinerisch einzuordnenden Brummen, ich solle mich hinsetzen. «Oh Gott!» entweicht es ihm. Hektisch blättert er in meiner Akte. «Steht was Schlimmes drinnen?» frage ich ihn beunruhigt. «Nein, nein, wir hätten heute eine andere Untersuchung machen müssen. Jetzt geht es nicht mehr. Kommen Sie mit! Wir müssen einen neuen Termin ausmachen.» Ich komme mit. Im Raum hinter den Schaltern machen wir bei einer freundlichen Dame einen neuen Termin aus, für einen Monat später. Der junge Arzt verschwindet wieder, ohne sich von mir zu verabschieden. Hätten Sie erwartet, daß er sich bei mir für die vergebliche Fahrt und das vergebliche Warten entschuldigt? Auch ich hätte es erwartet. Die freundliche Dame überträgt auf ein Kärtchen den neuen Termin und überreicht mir das Kärtchen samt einem freundlichen Rat:

«Kommen Sie mit viel Zeit und Geduld! Und vergessen Sie nicht, etwas zum Essen mitzubringen.»

Und zum Trinken auch, denn ich werde gewiß wieder einiges zu schlucken haben.

Fehler macht jeder

In der Schlange – wo denn sonst? – haben wir uns kennengelernt, in der Kassenschlange. Aufgefallen war er mir schon in der Schlange vor dem Fischstand, zunächst deswegen, weil er Muscheln und *pulpo* verlangte, und dann vor allem daran, wie echt er *pulpo* und wie unecht er Muscheln ausgesprochen hatte. Jener schmächtige Mann Mitte fünfzig war mir spanisch vorgekommen. Zu einer Kontaktaufnahme hatte es aber nicht gereicht, denn er stand drei oder vier Plätze vor mir. Und dabei wäre es geblieben, hätte nicht die Hauptschlange uns einige Minuten später wieder zusammengeführt, diesmal näher und enger, denn, als ich an die Kassenschlange kam, stand er als letzter da an.

Die Kassenschlange war an jenem Tag ziemlich lang, was mir die Zeit und die Chance verlieh, mich langsam auf eine Kontaktaufnahme vorzubereiten. Der Mann trug einen bräunlichen, alternden Anorak, eine dunkelblaue, verbeulte Hose und schwarze, saubere, aber nicht glänzende, ziemlich abgenutzte Schuhe. Für einen verheirateten Spanier in den Fünfzigern sehr untypisch. Er war also entweder kein Spanier oder nicht verheiratet. Oder er lebte ohne Frau, um es allgemeiner zu formulieren. Aber Spanier war er doch. Der *pulpo*, die Muscheln, aber vor allem seine Körperhaltung, die Art, wie er neben seinem Einkaufswagen halb aufrecht, halb angelehnt dastand, die Mischung aus Schlampigkeit und Anmut, aus Gaunertum und Ritterlichkeit, die er selbst von hinten ausstrahlte, ließen mich nicht mehr an der Treffsicherheit zweifeln, mit der ich von Anfang an den mir vertrauten, von mir selbst sicher intensiv ausgestrahlten Stallgeruch erkannt hatte. Und ich sprach ihn an:

«Es Usted de Galicia?»*

Gelassen drehte er sich um und antwortete erstaunt bis entzückt:

«No, Señor, de Asturias.»**

Und los ging es. Daß er nach dem Zahlen auf mich wartete, daß wir gemeinsam die Rolltreppe hochfuhren und gleich ins nächste Café hineingingen, wird meine Leserinnen und Leser kaum noch wundern. Er lud mich ein: «Le invito a un café». Wir siezten uns zunächst, da wir einer eher alten Generation angehören.

«Lo siento, yo no tomo café.»

«Pues, ¿qué toma?»

«Cacao.»

«Bueno, pues le invito a un cacao.»*** Und da saßen wir im Café, er vor einer Tasse Kaffee, ich vor einer Tasse sogenannten Kakaos, der aber nichts anderes war als heißer Kaba. Nach dem Austausch von Namen – Angel hieß er – und Herkunftsort begannen wir bald mit dem Austausch unserer Lebensgeschichten. Meine möchte ich Ihnen an dieser Stelle ersparen. Dafür erzähle ich Ihnen die interessantesten Seiten aus Angels Lebensgeschichte:

Gekommen sei er schon vor 33 Jahren, alleine, mit dem Zug, versteht sich. Heute angekommen, morgen in der Fabrik angefangen. Einen Deutschkurs habe er nie gemacht – er muß aber wohl ziemlich viel Deutsch können, denn im Laufe des Gespräches zitiert er aus dem Spiegel: Tausende – ich weiß nicht mehr, wieviele Tausende – würden jährlich in Deutschland an einer Überdosis bei der Narkose

---

*   Sind Sie aus Galizien?
**   Nein, mein Herr, aus Asturien.
*** Ich lade Sie zu einem Kaffee ein. — Tut mir leid, ich trinke keinen Kaffee.
     — Was trinken Sie denn? — Kakao. — Gut, dann lade ich Sie zu einem Kakao ein.

sterben. «Como mi propia mujer.»* Sieben Jahre sei sie schon tot: «Nach einer Herzoperation ist sie nicht mehr aufgewacht. Wochenlang haben sich die Ärzte um die Wahrheit herumgedrückt, bis es zu spät war. Fehler macht jeder, auch und vor allem die deutschen Ärzte, die sich für unfehlbar halten. Aber den Fehler hätten sie mindestens zugeben können. Statt dessen haben sie an meiner halbtoten Frau herumgepfuscht und nichts Ernstes unternommen. Nein, ich habe nichts gegen die Deutschen, sie haben Laster und Tugenden wie jeder andere, jeder eben andere, jeder die eigenen. Die Verbindlichkeit ist gewiß eine deutsche Tugend, der Formalismus versaut aber vieles, was jene Tugend an Gutem bringt. Und der Maschinenglaube, der an Fetischismus grenzt. Vor allem in der Medizin. Die spanischen Ärzte sehen eher die Person, direkt sehen sie die Person, nicht nur über Maschinen.»

Er habe immer wieder zu seiner Frau gesagt:

«Laß uns nach Madrid zur Operation fahren!»

«Warum denn?» habe sie sich gewehrt, «die deutschen Ärzte sind doch gut.»

«Ya ve Usted, qué buenos»**, sagt Angel in bitter resigniertem Ton zu mir. «Wären wir nach Madrid zur Operation gefahren, hätte ich heute meine Frau neben mir hier.»

Das alles erzählt er mir fast emotionslos, in einem erstaunlich nüchternen Ton, der mich, angesichts seiner asturischen Herkunft, sehr überrascht. Vielleicht ist er halt ein nüchterner Mensch, vielleicht unterdrückt er absichtlich seine Gefühle, um von ihnen nicht erdrückt zu werden.

Nein, geheiratet habe er nicht wieder, und eine Freundin habe er auch nicht. Seine drei Kinder habe er seit dem Tod

---

* Wie meine eigene Frau.

** Wie gut, das sehen Sie.

der Frau alleine versorgt. Die zwei ersten seien sowieso zum Zeitpunkt des Todes schon älter und fast unabhängig gewesen. Der jüngste Sohn, jetzt sechzehnjährig, wohne noch bei ihm. Er selbst führe ohne Probleme den Haushalt. «Ich habe jetzt viel zu viel Zeit, seit ich dank eines Sozialplans früh in Rente gegangen bin. Jetzt träume ich nur davon, nach Asturien zurückzugehen, endgültig. Aber zunächst muß mein Sohn alt und unabhängig genug sein. Dann werde ich keine Sekunde zögern: Zurück nach Spanien! Aunque, creame que no tengo nada contra los alemanes.»*

---

* Aber glauben Sie mir, ich habe nichts gegen die Deutschen.

«Ich habe gehabt kein Gluck.»

Neulich kam mir der Verdacht, daß meine Schlangenliebe möglicherweise Gemeinsamkeiten mit meiner alten, in diesem Wunderland unerfüllten Kneipenliebe haben könnte, denn auch in der Schlange besteht die große Wahrscheinlichkeit, Bekannte zu treffen, kurz mit ihnen über die wichtigen Belanglosigkeiten des Lebens zu reden und gleich ins nächste Geschäft, an die nächste Schlange zu geraten, wo vielleicht der oder die nächste Bekannte anzutreffen ist, wo das nächste Gespräch über die belanglosen Wichtigkeiten des Lebens laufen kann.

Will ich zum Beispiel Francesco antreffen, muß ich nur in einem bestimmten Geschäft in Gablenberg Schlange stehen. Früher, als meine Kinder noch die ersten Klassen der Grundschule besuchten und ich sie zur Schule begleitete, traf ich Francesco jeden Morgen an der gleichen Ampel, er an der anderen Straßenseite wartend, wir an dieser, wie an beiden Ufern eines Flusses. So sagten wir uns jeden Morgen in der Mitte der Straße guten Morgen, aber nur guten Morgen, denn in der Mitte der Straße konnten wir nicht stehenbleiben und plaudern. Und eilig hatten wir es auch noch. Irgendwann fiel Francesco aus, und irgendwann wieder traf ich ihn an einer Schlange in Gablenberg. Dort unterhielten wir uns zum ersten Mal. Dort erfuhr ich, daß er irgendwann umgezogen war und einen anderen Weg zur Arbeit hatte, daß er Francesco heißt und daß er folgerichtig Italiener ist, obwohl ich ihn jahrelang für einen Iraner gehalten hatte. Hatte das am Aussehen oder am Akzent gelegen, mit dem er die einzigen zwei Wörter sprach, die ich von ihm jeden Morgen gehört hatte? Sein «Guten Morgen!» klang nicht italienisch. Es fehlte die Musik. Jetzt, da wir uns an einer äußerst langen Schlange getroffen hatten, konnten wir uns richtig austauschen, und an seinem Tonfall konnte ich den Italiener erkennen. Für einen Spanier hatte er mich übrigens auch nicht gehalten.

Obwohl er von sich behauptet, er sei nicht kommunikativ, plaudert Francesco gerne über wichtige Dinge, fast hätte ich gesagt, er philosophiere gerne. Und jedesmal spüre ich, wie schwer es ihm nach den über zwanzig Jahren in der Wunderrepublik fällt, etwas anderes als Italienisch zu reden. Die ersten Worte, die er zu mir sagt, wenn wir uns in der Schlange treffen, sind italienisch, um mir dann in einem besser gemeinten als geglückten Deutsch seine alten und neuen Erkenntnisse und Erleuchtungen mitzuteilen. Neulich trafen wir uns in der Bäckerei. Wir vergaßen die Schlange und ihre Gesetze. Wir standen einfach da und unterhielten uns und ließen alle Welt vor. Er sei wieder umgezogen, innerhalb Gablenbergs allerdings, nur ein paar Häuser weiter. Eine größere Wohnung, eine Eigentumswohnung, «denn, mein lieber Guillermo, in diesem Land mußt du eine Wohnung kaufen, wenn du leben willst ohne Probleme». Nein, reich sei er nicht geworden, einen Kredit habe er aufnehmen müssen. Dafür müsse er unter anderem in diesem Jahr den Urlaub opfern. Ich erzähle von unserem anstehenden Urlaub:

«Nein, nein, nicht nach Spanien, wir sind doch nicht bescheuert und fahren nach Spanien gerade im Sommer. In ein Dorf im Altmühltal fahren wir.»

Im Gegensatz zu vielen Deutschen, die höchstens mal irgend etwas von einem Kanal gehört haben, weiß er, wo das Altmühltal liegt. Er verbringe seine Ferien nicht gerne auf dem Land, Dörfer seien zu langweilig. Ich erzähle ihm, wie gerne ich mich mit den Leuten auf der Straße unterhalte, das sei im Dorf viel leichter.

«Es kann sein», gesteht er mir, «aber ich spreche nicht gerne die Leute an.»

Fast wäre mir die Platitüde rausgerutscht: «Dann bist du kein richtiger Italiener.» Ich nehme mich rechtzeitig zusammen und sage nur:

«Ich erlebe dich aber als sehr kommunikativ.»

Das beeindruckt ihn nur halb:

«Es kann sein, aber ich habe in diesem Land gehabt kein Gluck.»

Ich verziehe keine Miene, konzentriere mich aber, um diesen Satz wortwörtlich zu behalten.

»...ich habe gehabt kein Gluck» – wiederholt er – «die Menschen im Schwabenland sind sehr zuruckhaltend.»

Ich schaue auf die Uhr. Es ist Zeit, daß ich meine Schlangenrechte wahrnehme. Ich kaufe ein Baguette und ein kleines Sechskornbrot.

«Chiao, Francesco!»

«Chiao, Guillermo!»

Die Schlange wird uns bald wieder zusammenbringen zu einem Plausch über die belanglosen Wichtigkeiten des Lebens in der Wunderrepublik, wo ich, im Gegensatz zu Francesco, habe gehabt viel Gluck.

RÜCKWANDERN?

Merkwürdig, was eine Schlange alles bewirken kann. Auf einmal stand ich gedankenverloren mit meinem Einkaufskorb da und sinnierte. Nein, ich sinnierte nicht über Waren und Preise, auch nicht darüber, wie ich die Venusmuscheln und den Kraken, die ich gleich an der Kasse bezahlen würde, heute abend kochen sollte.

Es hatte sich unsere Tochter mit ihrem Freund angekündigt. Ihr Freund liebt Krake, und unsere Tochter liebt Venusmuscheln. Ich und meine Frau lieben beides. Zum Sinnieren war von daher kein Anlaß, zumal ich schon wußte: Die Venusmuscheln wollte ich «a la marinera», also nach Seemannsart, den Kraken «a feira», nach Galiziens Art, machen. Dazu hatte ich einen portugiesischen Weißwein vorgesehen und schon aus dem Regal geholt. Alles lag in meinem Einkaufskorb. Auch die richtige Petersilie, die glatte. Alles war klar.

Ich erfreute mich an dem Gedanken, die eigene Tochter mit ihrem Freund zu Besuch zu empfangen. Gerade hatte ich mit der Dame am Fischstand darüber geplaudert, wie schön es sei, die eigenen Kinder zu Gast zu haben. Und wir waren uns einig: Die Kinder sollen rechtzeitig das Nest verlassen. «So sehr ich die Nähe meiner Kinder genieße», hatte sie mir gestanden, «mache ich nicht die Dummheit, sie festhalten zu wollen.» Nebenbei hatte sie mir empfohlen, den Kraken und die Venusmuscheln gleichzeitig zu servieren: «Feiner sind die Muscheln. Sie gehören also an sich als erste serviert. Danach kann aber der Krake mit seinem stärkeren Geschmack etwas grob wirken. Also beides gleichzeitig auf den Tisch!»

Das war mir einleuchtend erschienen. Darüber sinnierte ich also nicht. Ich sinnierte über meinen letzten Besuch in Spanien, einen Blitzbesuch, der mich nach Valencia, Madrid und Bilbao geführt hatte. Zwei Erlebnisse ragten aus den immer noch nicht ganz gesetzten Erinnerungen heraus: Da war der alte Lehrer, der mich nach über vierzig Jahren am Telefon gleich erkannt hatte, und da war die Markthalle in einem der einfachsten Viertel Madrids:

«Können Sie sich an einen Jungen erinnern, dem Sie im Internat Bücher zum Lesen gaben, weil er sich mit den Lehrbüchern langweilte?» hatte ich den fast Siebzigjährigen unvermittelt am Telefon gefragt. Und ebenfalls unvermittelt hatte er geantwortet: «Aparicio, zum Beispiel.» Unser letztes Wiedersehen lag schon 34 Jahre zurück. «¿Dónde estás, corazón?» hatte er gleich zu singen angefangen. Es war der Text eines alten Schlagers: «Wo bist du, mein Herz?» Ich besuchte ihn dann, und seither trage ich die Erinnerung an diese Begegnung wie einen kostbaren Schatz mit mir herum. Und dieser Schatz beglückte mich an jenem Morgen in der Schlange wieder.

Und dann die Markthalle im Barrio Lucero von Madrid. Lucero heißt sowohl Morgen- als auch Abendstern. Barrio bedeutet soviel wie Viertel, Stadtteil. Barrio Lucero ist ein sehr bescheidenes Viertel mit drei- bis vierstöckigen Häusern, hauptsächlich in den Sechzigern gebaut, hauptsächlich von Familien aus dem spanischen Süden bewohnt, mit sehr engen, sehr chaotisch verlaufenden Straßen, die dem Viertel einen labyrinthischen Charakter verleihen. Wohnungen von 40 bis 50 qm sind dort die Regel. Beileibe kein Reichenviertel. Aber jene Markthalle! Mir gingen die Augen über. Unsere hochgepriesene Markthalle in Stuttgart kam mir dagegen beinahe schäbig vor. Die mit den schönsten Fischen und Meeresfrüchten gefüllten Stände, die zarten Lämmer (kein Hammel, bitte schön!), die verlockend baumelnden Schinken und Würste, das bunte Gemüse, der frische Salat, das pralle Obst... Und jene Verkäufer, die sich auf jedes Gespräch einließen, falls sie nicht selbst gleich ein Gespräch anfingen. Ich wurde fast verrückt. «In dieser Markthalle würde ich jeden Tag Stunden verbringen, falls ich hier wohnen würde. Alleine deswegen würde es sich lohnen zurückzuwandern», sagte ich zu meinem Freund Paco, den ich begleitete. Mein Freund Paco ist vor vielen Jahren aus Berlin zurückgewandert, vielleicht auch wegen der Markthalle vom Barrio Lucero. Selber Koch in einem Restaurant, wollte mir mein Freund zum Mittagessen was Schönes auftischen. Er entschied sich für eine Art Lammragout mit Pilzen. Noch ein Grund zum Rückwandern.

Aber nein, rückwandern werde ich nicht. Es sind nur Phantasien, die momentan vom Druck des Alltags entlasten. Das wahre Leben ist immer woanders.

Die Kassiererin, jene kluge Frau, die meine Leser inzwischen gut kennen, schien in meinen Gedanken zu lesen. Gerade sprach sie mit einer Frau: «In Deutschland habe ich mit Deutschen nur gute Erfahrungen gemacht. Meine Nachbarn sind freundlich und respektvoll. Da war in Spanien die soziale Kontrolle viel größer.»

Mir kam eine Passage aus dem Kapitel LIV des zweiten Teils von Don Quijote in den Sinn, als der spanische Moslem Ricote, der infolge eines königlichen Erlasses im Jahre 1609 Spanien verlassen mußte,* seinem verblüfften ehemaligen Nachbarn Sancho erzählt:

---

* Im Zuge jener «ethnischen Säuberung» wurde Spanien von der Last von 300.000 nicht ganz christianisierten, als Moslems geltenden Spaniern befreit. Im Jahre 1492 hatten sich die spanischen Christen schon der ungeheuren Last von 150.000 Spaniern jüdischen Glaubens entledigt. So erleichtert sank Spaniens Sonne paradoxerweise immer tiefer.

«Ich verließ, wie gesagt, unser Dorf... und kam nach Deutschland, wo ich den Eindruck gewann, dort könne man freier leben, da die dortigen Bewohner nicht pingelig sind: jeder lebt, wie er will...»*

Irgendwann werde ich jener von mir so geschätzten Kassiererin eine Kopie der Passage aus Don Quijote mitbringen. An jenem Tag erzählte ich ihr nicht davon. Vielleicht war ich zu versunken in meine süßen Gedanken an meinen alten Lehrer und an die Markthalle vom Barrio Lucero. Und außerdem: In den Morgennachrichten hatte ich gehört, wie in Gladbeck wieder Unbekannte zwei von Türken bewohnte Häuser in der Nacht in Brand gesetzt hatten. Tote habe es nicht gegeben, nur Verletzte. Von Tätern und Motiven fehle noch jede Spur. Der Sachschaden belaufe sich auf etwa hunderttausend Mark

---

* Don Quijote, Teil II, Kapitel 54

VÖLLIG SCHWERELOS

«Was habt Ihr in Deutschland verloren?» fragt uns immer wieder unsere jüngere Tochter.

«Ja, was haben wir in Deutschland verloren?» frage ich mich immer wieder. Zum Beispiel, wenn die Nacht um vier Uhr nachmittags beginnt, wenn ich zum Fisch-Kaufen in die Stadtmitte fahren muß, wenn Lamm mit Hammel verwechselt wird, wenn in erreichbarer Nähe gar keine Kneipe zu finden ist, wenn ein gescheiter Milchkaffee nur äußerst schwer zu kriegen ist, wenn der Taxifahrer wortkarg bis grimmig auf meine Mitteilsamkeit reagiert...

Was habe ich in Deutschland verloren? Einiges habe ich in Deutschland verloren, aber auch vieles gewonnen, meine Frau zum Beispiel, und eine Sprache, in der Heine, Tucholsky und Karl Valentin schrieben, und einen Herbst, der für fast sämtliche Verluste entschädigt...

Trotzdem stellt sich mir nach einem Aufenthalt in Spanien immer wieder die Frage: Was habe ich in Deutschland verloren? Neulich wieder nach einer dreiwöchigen Reise durch Spanien, auf der alles, aber auch alles gestimmt hatte: Burgos, Salamanca, Cáceres, Trujillo, Plasencia..., allesamt Symphonien in Stein, allesamt touristenfrei und vom Herbstlicht durchflutet; alte Freunde, in deren Gesellschaft der Fisch, das Lamm, der Schinken, der Käse, das Brot und der Wein noch besser geschmeckt hatten, als sie ohnehin schmecken. Die Schwerelosigkeit tut gut. Im Licht und in der Freundschaft zu baden tut gut. Bloß, das Schlimme an der Ausnahme ist die Regel, das Schlimme an der Schwerelosigkeit ist die Rückkehr zur Erde. Zur Stuttgarter Erde beispielsweise.

An dem Nachmittag, als ich neulich zur Stuttgarter Erde zurückkehrte, war es hell und kalt, und die Bäume trugen immer noch erstaunlich viel Gold, aber der Taxifahrer war wortkarg bis grimmig. Berge an Post lagen da, zu viel Werbung, zu wenig Persönliches. Einundzwanzig ungelesene Zeitungen türmten sich auf dem Tisch als eloquenter Beweis dafür, daß es ohne zu darben möglich ist, auf Kenntnis der Aktualität zu verzichten: nichts über Kohls Träne, nichts über Fischers Krawatte, nichts über Palmers* Aufstieg erfahren und trotzdem überlebt, drei Wochen lang genüßlich auf Nachrichten verzichtet und trotzdem überlebt. Kaum zu Hause angelangt, mache ich reflexartig das Radio an, um die Fünfzehn-Uhr-Nachrichten zu hören. Auf einmal lechze ich nach Nachrichten aus den Niederungen. Reflexartig. Zu Hause ist keine Schwerelosigkeit mehr möglich. Spätestens dann, wenn das Hungergefühl sich meldet, schaue ich in den Kühlschrank. Selten war er so leer. Also einkaufen, weit laufen. Wieder denke ich mit Wehmut an Spanien, wo überall um die Ecke mindestens ein bestens bestücktes Lebensmittelgeschäft und mehrere Kneipen zu finden sind. Deutschland setzt tatsächlich andere Prioritäten in Sachen Lebenslust, manchmal schwer zu begreifen, manchmal schwer zu ertragen. (Spanien alleine soll mehr Kneipen haben als die restliche EU zusammen! Man muß es mit den Kneipen nicht übertreiben, aber untertreiben ist auch von Übel.) Nicht viel nachdenken und einkaufen. Mit bescheidenen Ansprüchen. LEC, ein polnischer Satiriker, schrieb sinngemäß, der einzige Weg, das Glück zu erhöhen, sei der, die Ansprüche zu senken. Nach diesem Motto versuche ich mich auf dem kalten, langen Weg bis zum nächsten Supermarkt mit halbem Erfolg in Schwerelosigkeit. Auf der Libanonstraße geht das noch halbwegs. Die Gablenberger Hauptstraße dagegen verweigert jede Mitarbeit.

---

* Den nicht Stuttgartern oder gar den nicht Schwaben wird dieser junge CDU-Politiker noch nicht bekannt sein. Noch nicht!

Das Leben riskierend gehe ich auf Höhe der Lindenapotheke über die Straße. Gerne wäre ich dort Imam Cagla begegnet, wie oft an dieser Stelle geschehen, und diese Begegnung hätte meine Verlassenheit gewiß gelindert. Kein Imam weit und breit, obwohl er an dieser Ecke wohnt und normalerweise um diese Zeit nach Hause kommt. Anonym bleibt mein Weg, anonym steht der Supermarkt auf der anderen Straßenseite. Und gerade da, im Supermarkt, sozusagen in der Vorschlange, an der Stelle, wo die Einkaufswagen angekettet auf Kunden warten, die sie vor der anonymen Langeweile retten sollen, erlebe ich etwas, was mich in höhere Regionen der Schwerelosigkeit versetzt:

Während ich verloren dastehe und in meiner Geldbörse nach einem befreienden Einmarkstück suche, spüre ich, wie eine Frau mittleren Alters rechts von mir mich interessiert beobachtet. Bevor ich das richtig wahrnehmen kann, hat sie mich schon gefragt:

«Brauchen Sie eine Mark?»

Dabei hält sie mit anbietender Geste eine Mark in der Hand.

«Ja schon», stammele ich, «aber ich habe nur eine Zweimarkmünze.»

«Macht nichts!» – und ohne Vorwarnung schmeißt sie die Mark in meine offene Geldbörse. Und sie geht, sie verschwindet, ohne mir die Zeit zu lassen, mir gewahr zu werden, was gerade geschehen ist, geschweige denn, mich dafür zu bedanken. Ich weiß nicht einmal recht, wie die Frau aussah. Vielleicht war sie Mitte dreißig, vielleicht war sie pummelig, vielleicht hatte sie dunkles Haar. Ein sehr freundliches Gesicht hatte sie jedenfalls. Und eine freundliche Stimme, das weiß ich. Und sie verwandelte die Vorschlange in die Vorhalle des Paradieses. Ich fühlte mich wieder völlig schwerelos.

SCHNUPFTABAK

«El español es portador de valores eternos», hämmerten uns unsere Lehrer mal eifrig, mal gelangweilt ein: «Der Spanier ist ein Träger ewiger Werte.» Anders als der Nicht-Spanier, versteht sich. Deswegen ist der Spanier so stolz, weil er – im Gegensatz zum Engländer zum Beispiel – ein Träger ewiger Werte ist. Engländer sind und waren bekanntlich lediglich Träger vergänglicher Werte. Deswegen sind alle Engländer phlegmatisch, während alle Spanier stolz sind. Und das gehört zum nationalen Charakter, zur nationalen Identität. Das kann man nicht erlernen. Das hat man in sich oder nicht, das heißt, das hat man im nationalen Charakter oder nicht. So wird ein Deutscher, mag er sich noch so anstrengen, nie so edel und stolz sein können wie ein Spanier, obwohl auch die Deutschen Träger ewiger Werte waren, aber nur für eine kurze Zeit, nicht lange genug, um im nationalen Charakter eine so tiefe stolze Prägung zu kriegen wie die Spanier, die Jahrhunderte lang in Europa und in Amerika als einsame Kämpfer für ewige Werte gefochten haben, selbstlos, also edel. So sind die Deutschen vom nationalen Charakter her höchstens überheblich, nicht richtig stolz, auf edle Weise stolz wie die Spanier.

Unser Flugzeug war an einem nebligen Abend sanft in Frankfurt gelandet. Ohne Zeichen der Ungeduld hatte sich die Maschine geleert. Zwei Busse hatten uns vom Flugzeug zum Flughafengebäude gekarrt. Den unendlichen Weg bis zur Gepäckausgabe hatten wir hinter uns gebracht, an Menschen aller Farben und Größen und Formen und Sprachen vorbei, die mit ihrem Handgepäck den ebenfalls unendlichen Gegenweg zu den Gates beschritten hatten. Wir hatten in der lagerähnlichen Halle das für unser Gepäck zuständige Band entdeckt, uns ohne Verteilungskämpfe einen Handwagen besorgt und warteten nicht unbesorgt in einer schlangenähnlichen Formation darauf, daß sich das Band in Bewegung setzen würde, um aus unterirdischen Kanälen unser Gepäck an die Oberfläche zu befördern. Wie vor jedem Wiedersehen erfüllte uns sowohl Freude als auch Sorge, denn «wer weiß, was dieses arme, treue Gepäck durchgemacht hat, seit wir es vor etwa vier Stunden im fernen Sevilla fremden Händen übergeben haben, fast als hätten wir ein eigenes Kind fremden Händen anvertraut. Vielleicht ist es in Madrid auf die schiefe Bahn geraten und fliegt gerade über den Atlantik.»

Es muß auch zu den Gesetzen der Schlange gehören, daß alle Fließbänder aller Flughäfen, auf denen ich auf mein Gepäck gewartet habe, frühestens im dritten Drittel mein Gepäck ausspucken, wenn schon zwei Drittel der Passagiere, vom Wiedersehen mit ihrem Gepäck sichtlich beglückt, beschwingt die Halle verlassen haben und auf den Gesichtern des hinterbliebenen dritten Drittels der Wartenden eine immer größere Ungeduld, ja sogar Sorge abzulesen ist. Dieser letzte, besorgt wartende Rest hat sich inzwischen über den langen Weg verteilt, über den sich das schwarze Gepäckband schlängelt, aus dem Loch heraus, links um die Ecke, geradeaus, wieder links um die Kurve, geradeaus über zwanzig Meter, wieder links um die Kurve, gerade zurück zur Quelle und wieder rein, durchs Loch in die Unterwelt. Unser Gepäck war immer noch nicht aufgetaucht, das schlangenförmige Band machte gerade Pause, und mein rechter Knöchel erholte sich allmählich vom Überraschungsangriff eines von einer unschuldigen reifen Dame gesteuerten Handwagens voller Koffer und Tüten. Von der lärmenden Reisegesellschaft, die vor uns, neben uns und hinter uns im Flugzeug gesessen hatte, waren nur ein paar versprengte Grüppchen übriggeblieben. Im Flugzeug waren sie sehr laut gewesen, so laut, daß ich mir gesagt hatte, um laut zu sein, brauche man nicht unbedingt Spanier zu sein, auch Deutsche könnten es in dieser Hinsicht sehr weit bringen, mindestens in Gruppen oder mindestens in Gruppen auf Reisen. Vielleicht gibt es doch mehr Ähnlichkeiten als wir denken zwischen dem spanischen und dem deutschen Nationalcharakter.

«Eines würde allerdings ein Spanier nie tun», dachte ich mir. «Nie würde ein Spanier das tun, was diese zwei Deutschen gerade getan haben.»

Was hatten denn jene zwei Deutschen, der eine in den Fünfzigern, der andere in den Vierzigern, getan? Der in den Vierzigern war von irgendwoher gekommen, hatte einem in unserer Nähe auf sein Gepäck wartenden deutschen Mann in den Fünfzigern einen kleinen Gegenstand überreicht – war es Schnupftabak? – und sicher und jovial gesagt: «Zwo Mark achtzig!» Der Mann in den Fünfzigern hatte den kleinen Gegenstand entgegengenommen, seine Brieftasche hervorgeholt, zwei Mark achtzig abgezählt und sie dem Mann in den Vierzigern überreicht, der die Münzen entgegennahm, sich verabschiedete, alles Gute wünschte und ging.

Was hätte ein Spanier nie getan? Eine Menge. Falls er für einen Reisegenossen etwas Kleines – Schnupftabak für zwo Mark achtzig zum Beispiel – besorgt hätte, hätte ein Spanier nie von sich aus den Preis genannt. Auf Anfrage hätte er sich mit beleidigter Miene geweigert, den Preis zu nennen. «Es ist gut so, lassen Sie es sein!» hätte er dann mit einem Anflug von Gönnerhaftigkeit gesagt. Daraufhin hätte der andere, vorausgesetzt, er wäre ebenfalls Spanier, zur Brieftasche gegriffen und dem ersten einen Zehnmarkschein entgegengereicht mit einer Geste, die besagt: «Wenn du großzügig bist, bin ich es nicht weniger.» Daraufhin hätte der erste gestenreich protestiert: «Sie spinnen ja! Die Sache ist nicht der Erwähnung wert.» Worauf dann der zweite mit dankbar resignierter Miene die zehn Mark wieder eingesteckt und sich leise bedankt, während er in seinem Kopf gespeichert hätte: «Bei der nächsten Gelegenheit mußt du dich revanchieren.» Das hätte der erste genau gewußt, denn auch er hätte genauso gehandelt und gedacht, und das mit der Revanche hätte er auch nicht gesagt, wohl aber gedacht. Und dabei hätte der Gebende seine eigene Großzügigkeit wahrscheinlich nicht einmal gespeichert, denn für einen echten Spanier wären jene zwei Mark achtzig wirklich nicht der Erwähnung wert gewesen. Eine Summe, für die es sich nicht lohnt, seine Ehre zu gefährden und sein eigenes Würdegefühl anzuknacksen.

Ja, tatsächlich, das alles ging mir durch den Kopf, als wir in Frankfurt auf unser Gepäck warteten, das endlich aus der Tiefe auftauchte und uns jene Wiedersehensfreude bereitete, die mich zunächst von der Frage ablenkte, ob es doch so was wie eine nationale Identität gibt, eine nationale Uniform, sozusagen. Später, als wir im Zug nach Stuttgart saßen, hatte ich Zeit, darüber nachzudenken, aber diese Gedanken sind an dieser Stelle unzulässig, denn sie sind mir erst im Zug gekommen. Allerdings ist ein Zug einer Schlange auch nicht ganz unähnlich.

PERVERS

Perverse Neigungen habe ich keine, meines Wissens, jedenfalls nicht in sexueller Hinsicht. In anderen Bereichen schon, in anderen Bereichen habe ich an mir etliche perverse Neigungen festgestellt, wie die, sehr reich sein zu wollen oder nur das zu tun, was mir gefällt. Aber im durchaus wichtigen Bereich des Geschlechtslebens halte ich mich für völlig normal, etwas unter dem Durchschnitt, was Potenz und so betrifft, aber normal, keinen Deut pervers. Trotzdem bin ich überzeugt, daß eine gewisse Verkäuferin eines gewissen Ladens ganz und gar von meiner Perversität überzeugt ist. Nein, nicht weil ich ihr irgendwelche absonderlichen Anträge gemacht hätte. Nein, ihr gegenüber habe ich mich völlig korrekt verhalten. Von daher hatte sie gar nichts zu beanstanden. Sie hatte überhaupt nichts zu beanstanden. Ihr gegenüber habe ich mich völlig korrekt benommen, ihrer Kollegin gegenüber an der Kasse auch und den Kundinnen gegenüber ebenfalls. Das heißt, den Kundinnen gegenüber habe ich mich weder korrekt noch unkorrekt verhalten, ich habe mich den Kundinnen gegenüber überhaupt nicht verhalten. Ich habe sie ignoriert, und sie haben mich ignoriert, falls sie mich ignoriert haben, denn es kann sein, daß die eine oder die andere mich beobachtet und mich für einen Perversen gehalten hat. Das tat die Verkäuferin gewiß, womöglich auch die Kassiererin. Nicht nur womöglich die Kassiererin auch, sondern todsicher. Nicht daß sie mir was zu verstehen gegeben hätten, durch einen Blick, durch eine Anspielung... Nein, sie haben sich nichts anmerken lassen, die Verkäuferin nicht und die Kassiererin auch nicht. Die Verkäuferin hat mich bedient und die Kassiererin hat kassiert. Höflich bis freundlich die

Verkäuferin, höflich bis neutral die Kassiererin. Und trotzdem bin ich überzeugt, daß sie mich für einen Perversen gehalten haben, für einen Fetischisten. Natürlich habe ich sie nicht gefragt, ob sie mich für einen Perversen halten. Ich habe sie auch nicht darauf hingewiesen, daß ich kein Perverser bin. Ich habe auch keine Erklärung und eine Entschuldigung schon gar nicht für das gegeben, was ich tat, denn gerade eine Erklärung, und eine Entschuldigung erst recht, hätte sie in ihrem Verdacht bestätigt. Was sage ich Verdacht? Gewißheit. Denn ich bin sicher, sie waren sicher, einen Perversen vor sich zu haben. Keinen gefährlichen Perversen, denn dann hätten sie mir auf jeden Fall zu verstehen gegeben, daß sie sich vor mir irgendwie fürchten oder zumindest ekeln. Aber nein, sie haben sich nichts anmerken lassen. Die Verkäuferin blieb höflich bis freundlich, die Kassiererin blieb höflich bis neutral. Warum sollten sie auch anders reagieren, obwohl sie mich gewiß für einen Perversen hielten? Fetischisten gelten ja nicht als gefährlich, höchstens als exotisch und in jedem Fall als amüsant. Ich mußte an jene Episode von Woody Allen in seinem mittelmäßigen Film «Was sie schon immer über Sex wissen wollten...» denken, wo ein Mann in meinem Alter, ich glaube, ein Professor oder so was, sich in eine höchst kompromittierende Lage bringt, weil er unter dem Vorwand, aufs Klo zu gehen, das Schlafzimmer seiner Gastgeber aufsucht und sich dort die Kleidung der Frau anzieht... Sie kennen die Szene. Vor so einem Mann fürchtet man sich nicht. Man ekelt sich auch nicht vor so einem Mann. Man lacht nur über ihn. Und so müssen auch jene Verkäuferin und jene Kassiererin über mich gelacht haben, nur in sich hinein zuerst, ganz offen danach, als ich weg war und sie miteinander tuschelten. Denn sie tuschelten sicher:

«Hast du den Alten gesehen? Das war vielleicht ein Perverser. Was er haben wollte... Er ist sicher ein Fetischist.»

«Ja, habe ich mir auch gedacht, als ich gesehen habe, was er mir da vor die Kasse gelegt hat. Typen gibt es, die gibt es nicht. Und dabei hat er völlig normal ausgesehen.»

Ich bin auch völlig normal. Bloß, was sollte ich tun? Ich habe nun mal Töchter, und Töchter hören auch mal auf, Kinder zu sein. Nein, Sie brauchen nicht maliziös zu grinsen, denn dazu ist kein Grund. Ich war schon immer neugierig gewesen, als sie klein waren, was ich fühlen würde, wenn sie eines Tages Frauen würden. Neugierig auf mich selbst. Inzwischen sind sie schon längst Frauen geworden, sehr schöne Frauen, finde ich. Und ich habe eine große Freude an ihnen. Nichts mehr und nichts weniger. Ja doch, stolz bin ich auch auf sie.

Also eines Tages, vor etlichen Jahren, wurden sie Frauen, das heißt, sie fingen an, Frauen zu werden, denn eines Tages befanden sie sich in jener von den Eltern nicht ohne Recht überaus gefürchteten Etappe der Pubertät. Es kam nicht aus heiterem Himmel, aber es traf uns unvorbereitet, wie die Pubertät ihrer Kinder alle Eltern unvorbereitet zu treffen pflegt. Nur die Großeltern trifft die Pubertät ihrer Enkelkinder vorbereitet. Uns hatte es gerade getroffen und Weihnachten nahte. Und was wünschte sich eine unserer pubertierenden Töchter von mir zu Weihnachten? Einen Body. Ja, einen Body, einen gelben Body. Warum von mir? Weiß der Kuckuck! Wer kann schon die Psyche eines pubertierenden Mädchens ergründen?

Nein, ich wählte nicht den bequemen Weg des Delegierens, ich bat nicht meine Frau, für mich, das heißt, an meiner Stelle den gelben Body zu kaufen, den sich unsere Tochter von mir gewünscht hatte. Wenn ich ihn ihr schenken sollte, dann sollte ich ihn auch kaufen, selbst, eigenhändig. Ich mußte zum Glück nicht lange suchen, denn dann hätte ich es sicher doch an meine Frau delegiert, denn, so gern ich Lebensmittelgeschäfte aufsuche, in Kleidungsgeschäften treibe ich mich höchst ungern herum. Wenn ich was zum Anziehen suchen muß, gebe ich spätestens nach dem zweiten Geschäft auf. Das wußte meine Tochter, die sowieso genau wußte, was sie wollte und woher sie es wollte. Meine Tochter nannte mir also das Modell, die Farbe, den Preis, die Größe und den Laden. Kinderleicht also.

Ich begab mich in den Laden, eher müßte ich sagen, ich schlich mich hinein, verstohlen, wie jene Gestalten, die sich in die Peep-shows hineinschleichen. Ich schlich mich in den Laden und ich schlich durch die Gänge und Regale hindurch. Lauter junges Gemüse bevölkerte den Laden. Alles jung, alles weiblich. Nur ich war nicht jung, nur ich war nicht weiblich. Nach einem quälend langen Suchen fand ich die richtige Reihe. Da hingen sie, die Bodys, erstaunlicherweise alle gelb. Ich traute mich nicht, sie anzufassen, aber ich mußte sie anfassen, um die Größe herauszufinden. Nur ganz sachte berührte ich die gelben Bodys, aber so fand ich keine Größe raus. Die Verkäuferin mußte mich schon eine Weile beobachtet haben, denn sie kam direkt auf mich zu:

«Kann ich Ihnen helfen?»

«Ich brauche Größe 36», stammelte ich.

Oh Gott, es war passiert. Ich hatte tatsächlich gesagt: «Ich brauche Größe 36.» Ich hatte nicht etwa gesagt, «ich suche Größe 36», nein, ich sagte «ich brauche Größe 36». «Tierra, trágame», dachte ich auf Spanisch, was soviel bedeutet wie «Erde, verschlinge mich!» Ich wäre wirklich am liebsten im Erdboden versunken. Aber es war nicht wieder rückgängig zu machen, ich hatte tatsächlich gesagt, «ich brauche Größe 36». Was die Verkäuferin sich dabei gedacht haben muß, ist klar, aber sie war sehr diskret und ließ sich nichts anmerken. Treffsicher suchte sie nach Größe 36, nahm einen gelben Body Größe 36 von der

Stange und gab ihn mir ohne Kommentar, ohne beleidigendes Lächeln, mit einem ausgesprochen freundlichen Lächeln. Die Verkäuferin war wirklich gut geschult.

Der gelbe Body hing an einem Bügel und war in durchsichtiger Plastikfolie verpackt. Ich konnte ihn also nicht verheimlichen. Mein Weg zur Kasse glich einem Spießrutenlaufen. Natürlich hielt ich den Bügel mit dem gelben Body auf dem beschwerlichen Weg zur Kasse nicht hoch, nein, ich hielt ihn so niedrig, wie nur möglich. So gelang es mir, ziemlich unauffällig zur Kasse zu gelangen. Das heißt, zur Schlange zu gelangen, einer Schlange aus lauter jungem, lauter weiblichem Gemüse. Nur ich war in jener Schlange altes, männliches Gemüse. Ich guckte mir meine Schlangengenossinnen nicht an, ich schaute auch nicht danach, was sie alle da in der Hand hielten. Um Gottes willen! Bloß nicht jetzt auch noch als Voyeur erscheinen. In mich gekehrt, in mich versunken stand ich mit meinem gelben Body Größe 36 da, bis ich an die Reihe kam und den Beweis für meine Perversität auf den Kassentisch legen mußte. Auch die Kassiererin war sehr diskret. Sie verglich nicht, nicht mal mit einem flüchtigen Blick, mich mit der Ware, die Ware mit mir. Sie tippte nur den Preis ein, nahm mein Geld entgegen, gab mir das Wechselgeld zurück, steckte den Body in eine Tüte, steckte den Kassenbon in die Tüte, überreichte mir diese und sagte freundlich bis neutral: «Vielen Dank! Auf Wiedersehen!» Nein, an ihren Worten war kein ironischer Unterton zu erkennen, aber ich weiß, was sie sich dabei gedacht hat.

Verstohlen schlich ich mich aus dem Laden. Mit meinem gelben Body Größe 36 in einer Tüte unter dem Arm wünschte ich mir zum ersten und letzten Mal in meinem bisherigen Leben, Söhne statt Töchter zu haben.

MÜTTER

Nein, ein Wartesaal ist streng genommen keine Schlange. Verwandt sind sie allemal miteinander, denn beide stellen alltägliche Daseinsformen des Wartens dar, wobei sie nicht der gleichen Wartelogik entsprechen. Die Logik der Schlange ist mir einsichtig: Wer zuerst kommt, mahlt zuerst. Nicht so im Wartesaal, und schon gar nicht im Wartesaal eines Arztes. Und so ergab es sich neulich wieder, daß ich im Wartesaal meiner Ärztin, die ich übrigens sehr schätze, zwei geschlagene Stunden warten mußte.

Bestellt war ich für 10.00 Uhr. Und pünktlich um 10.00 Uhr saß ich schon im Wartezimmer. Erst um 12.00 Uhr kam ich dran. Unglücklich war ich bei diesem langen Warten nicht. Nicht einmal ungeduldig war ich, denn mein Alter beschert mir allmählich jene tiefere Weisheit, die uns belehrt, daß wir am besten tun, indem wir uns mit den Dingen abfinden, die wir nicht ändern können. Ich wartete also zwei Stunden geduldig bis vergnügt. Geduldig, weil weise, wie gerade erwähnt, vergnügt aber auch, weil ich zwei Stunden lang Charakterstudien über mein Lieblingsobjekt, die Muttergestalt, betreiben konnte. Es hat sich nämlich ergeben, daß sich meine Ärztin inzwischen mit einer Kinderärztin zusammengetan hat, mit der sie das Wartezimmer teilt. Das Wartezimmer ähnelte also an jenem Vormittag einem riesigen Mutter-Kind-Abteil der Bahn. Ich kam mir wie ein Eindringling vor und fürchtete fast, es würde jemand mich schroff des Abteils verweisen oder den Schaffner aufsuchen, um mich amtlich vertreiben zu lassen. Dieses Gefühl des Eindringlings kam spätestens dann auf, als ich merkte, wie eine junge Frau, die mir schräg gegenübersaß, anfing, zaghaft und umständlich an ihrem Pullover zu zerren, von unten her, um so was Normales und Selbstverständliches und Harmloses herauszukramen wie die Brust einer stillenden Mutter. Die junge Frau saß nicht direkt in meinem Blickfeld, und ich war gerade fest in meine Lektüre vertieft. Hätte sie den einfachsten und normalsten aller mütterlichen Handgriffe auch auf eine normale und selbstverständliche Art und Weise vollzogen, wäre ich wahrscheinlich nicht einmal von meiner Lektüre abgelenkt worden. Aber nein, sie trug nicht eine einfache Bluse, die leicht aufzuknöpfen gewesen wäre, wie jene Frauen aus meiner Kindheit sie trugen, die in jeder Lage und an jedem Ort ihre Blusen aufknöpften und ihre Kinder stillten. Nein, diese stillende Mutter trug einen ellenlangen Rollkragenpullover, ohne Zweifel eine bestens geeignete Ausrüstung für den Zweck des Stillens. Ich guckte nicht hin, denn sie war schon verlegen genug; aber ohne direkt hinzugucken, sah ich, wie sie sich plagte und genierte. Ich dachte mir nur: «Ob eine so verkrampft servierte Milch nicht sauer wird?»

Alles andere als verkrampft verhielt sich eine andere Mutter, deren dreijähriger Sohn das gesamte Wartezimmer samt Wartenden in Beschlag nahm und es mit seiner schrillen Stimme füllte. «Das typische Einzelkind!» diagnostizierte ich rasch und möglicherweise zutreffend. Jene durchaus zufriedene Mutter assistierte ihrem Sohn dabei, indem sie ihm am laufenden Band Handlungsanweisungen gab: «Komm, geh, nimm, gib, hör zu, teile mit dem Bub...»

Neben einer so resoluten Mutter, die spielend in der Lage gewesen wäre, hätte sie nur in früheren Zeiten gelebt, ein Dutzend Kinder zu versorgen, wirkte eine Mutter, die zwischen ihr und mir saß, geradezu machtlos und zerbrechlich. Vor ihr auf dem Boden lag in einem Korb ein höchstens dreiwöchiges Würmchen, das auf einmal anfing, klagend, zornig, ohnmächtig zu weinen, wie Kleinstkinder eben weinen. Mir schien, das Kind hatte einfach Hunger, nach Schmerzen klang sein Weinen nicht. Ich kann mich aber auch täuschen, denn die Zeiten, als meine Töchter auch so geweint haben, liegen schon sehr, sehr lange zurück. Die Mutter sah verängstigt aus. Sie nahm ihr Kind aus dem Korb zu sich, schon, sie nahm es aber nicht richtig in den Arm, geschweige denn an ihre Brust, sie hielt es mit beiden Händen vor sich, guckte es durchaus liebevoll, aber auch verunsichert an, sie liebkoste es nur mit ihren Augen, sie schaukelte es nicht rhythmisch und hingebungsvoll, sie schüttelte es nur sachte, mit stotternden Gesten. Jene aus einem mir unbekannten Grund total verunsicherte Frau tat mir nur leid. Vom Alter her hätte sie meine Tochter sein können. Vielleicht kamen zum ersten Mal in mir Großvatergefühle hoch. Auf jeden Fall spürte ich in mir den Drang, aufzustehen, liebevoll mit jener traurigen Mutter zu reden, ihr das Kind auch liebevoll abzunehmen, es in meinen Armen zu wiegen, rhythmisch, ruhig, irgendeine beruhigende Melodie summend... Ich hätte es sehr gerne getan, aber ich habe es nicht getan. Ich habe mich nicht getraut, die vielen ungeschriebenen Regeln des Anstands und des Abstands zu übertreten.

Das Kind weinte eine gute Weile weiter, und ich kam dran, nach zwei Stunden Warten.

STAU

Schlangenstau. Grund unbekannt. Ich stand zu weit hinten, um die Ecke rum, und konnte die Schlange nicht überblikken. Von da aus war die Kasse nicht zu sehen. Die überlange Schlange kam nicht voran und wurde folglich immer länger. Ich wurde nicht ungeduldig. Die milde Herbststimmung jenes Nachmittags hatte mich anscheinend sanft gestimmt. Nicht so einen Rentner hinter mir, einen wahrhaftig rüstigen Rentner, der es, wie so viele einkaufende Rentner, besonders eilig zu haben schien. Er schimpfte laut und suchte nach Verbündeten. Er fand keine. Um so schriller schimpfte er:

«Unverschämt! Unverschämt, daß sie keine zweite Kasse aufmachen, am Freitag Nachmittag. Als ob wir nichts Besseres zu tun hätten, als hier rumzustehen.»

Nein, ich provozierte ihn nicht mit der Frage, was er Besseres zu tun hätte, denn meine Stimmung war, wie gesagt, herbstlich mild. Ich genoß sogar jene Rumsteherei, denn die Unterhaltung der zwei Frauen vor mir war äußerst vergnüglich. Zwei Frauen mittleren Alters: zierlich, blaßblond und nervös die eine, rundlich, braunhaarig und gemütlich die andere. Beide Schwäbinnen. Da ich aber des Schwäbischen nicht mächtig bin und mich schon freue, wenn ich alles verstehe, muß ich mich hier damit begnügen, das Gespräch der zwei Frauen in einer farbloseren hochdeutschen Version wiederzugeben.

Als ich zu ihnen stieß, waren sie schon ins Gespräch vertieft. Zunächst interessierte ich mich nicht dafür, denn sie unterhielten sich über irgendwelche gemeinsamen Bekannten. Die Sache fing an, mich zu interessieren, als die Zierliche berichtete, auch jene gemeinsamen Bekannten hätten

Eheprobleme, und am Ende würden auch sie sich scheiden lassen:

«Schade! Für mich waren sie immer ein vorbildliches Ehepaar.»

Der schadenfrohe Unterton war unüberhörbar. Anders schien es sich mit der Rundlichen zu verhalten, denn sie kommentierte wohlwollend:

«So schlimm wird es doch nicht werden. Probleme gibt es in den besten Familien. Sie schaffen es. Sie lieben sich viel zu sehr.»

«Wenn du meinst», resignierte die Zierliche, machte dabei einen Schmollmund, beugte ihren Kopf leicht nach rechts und nach unten und verstummte leidend. Ein betretenes Schweigen folgte. Nicht lange, denn die Rundliche schien unter einem starkem Rededrang zu stehen. Anlaß zum nächsten Unterhaltungsabschnitt gaben ihr zwei Sprudelflaschen im Einkaufswagen der Zierlichen:

«Warum kaufst du deinen Sprudel flaschenweise? Die Kisten kommen doch viel billiger.»

Darauf wurde die leidende Miene der Zierlichen noch leidender:

«Das kann ich doch nicht, jetzt, wo mein Sohn nicht mehr bei mir wohnt. Ich kann ja nicht schwer tragen, mit meinem Rücken. Das weißt du doch. Und ich habe meinem Sohn gesagt: Wenn du ausziehst, wer wird dann die Sprudelkisten tragen? Kannst ja Flaschen kaufen, hat er gesagt, wo er doch weiß, daß Flaschen viel teurer kommen. Aber nein, ausziehen mußte er. Nach Tübingen ist er gegangen. Da studiert er. Aber er hätte bei mir bleiben und jeden Tag nach Tübingen fahren können. Dann müßte ich nicht den Sprudel in Flaschen kaufen. Und überhaupt. Hier in Stuttgart hätte er auch studieren können. Aber nein, fort wollte er, wo er doch bei mir alles hat, was er braucht.»

«Und viel mehr als er braucht», warf die Rundliche ein.

«Ja, eben, und viel mehr. Ich verstehe meinen Sohn nicht, wo ich jetzt ganz alleine leben muß, seit er ausgezogen ist.»

«Das ist aber normal», schob die Rundliche dazwischen. «Irgendwann mußte er weg. Irgendwann mußtest du alleine bleiben. Das Leben ist halt so.»

«Ja, aber doch nicht so früh. Er ist noch jung, und ich bin noch nicht so alt. Er braucht mich noch.»

«Er wird doch nicht umkommen ohne dich», kommentierte die Rundliche.

Ich wunderte mich über die Offenheit der Rundlichen, die von der Zierlichen als bodenlose Frechheit empfunden werden mußte. Deren leidendes Gesicht bekam in der Tat einen Anflug von Zorn:

«Du sagst ja Sachen! Man merkt schon, daß du keine Kinder hast.»

«Ich wollte auch keine. Anders als du. Du hast dir immer einen Sohn gewünscht.»

«Ja, schon, aber einen Sohn, der mich versteht und mir hilft. Stell' dir vor! Nicht mal den Führerschein will er machen, obwohl ich es ihm bezahle. Nein, sagt er, ich will keinen Führerschein. Und dabei hätte ich es so nötig, daß er den Führerschein macht, damit er mich zum Arzt fährt, wenn es mir besonders schlecht geht...»

Ich fing an, jenen unbekannten Sohn zu bewundern; bis dahin hatte ich ihn nur verstanden. So jung – nicht mal zwanzig, denn er hatte gerade das Abitur gemacht und gleich mit dem Studium angefangen – und schon einen solchen Überblick.

Ich hätte gerne mehr über jenen Sohn erfahren, aber wie von der Hand eines unsichtbaren Engels berührt, gab sich die Schlange völlig unvermittelt einen Ruck und kroch weiter. Ruckartig hörte auch der Mitteilungsdrang der zwei Schwäbinnen im mittleren Alter auf.

«Na, endlich!» stöhnte der rüstige Rentner.

«Na, endlich!» pflichteten die bisher unbeteiligten Schlangengenossen ihm bei.

Von da ab ging es erstaunlich zügig voran. Ich nahm von meiner Umgebung nichts mehr wahr, so beschäftigt war ich mit dem Versuch, die Details der Unterhaltung in meinem Gedächtnis zu speichern.

Hoffentlich treffe ich jene zwei Schwäbinnen mal wieder. Hoffentlich wieder im Schlangenstau.

NIX NORMAL

Eine automatische Waage kann vieles erkennen. Ob sich jemand vordrängt, erkennt sie nicht. Und so versucht manche eilige Kundin, früher an die Waage ranzukommen, als die ungeschriebenen Gesetze der Schlange es zulassen. Wobei ich gestehen muß, daß vor allem Männer es an der automatischen Waage besonders eilig zu haben scheinen. Vielleicht deswegen, weil Männer selten den Einkauf für eine Familie erledigen. Sie kaufen sich in der Mittagspause ein paar Birnen und halten es für unangemessen, wegen ein paar Birnen solange Schlange zu stehen wie eine Hausfrau, die Birnen und Tomaten und Äpfel und Auberginen eingetütet hat und sie noch auswiegen muß. Solche Männer versuchen, von links an die Waage zu kommen, wenn die Schlange rechts, von rechts, wenn die Schlange links steht, von links aber oder auch von rechts, wenn die Schlange von vorne herangekrochen kommt. Ich liebe solche Männer ganz besonders, die sich mit ihren paar Birnen wie selbstverständlich vorne hinstellen und, werden sie zur Ordnung gerufen, auf ihren mickrigen Einkauf zeigen und wie beiläufig sagen: «Es ist ja nur das hier!» Mich packt immer wieder die Wut und, was noch schlimmer ist, die Moral, die Schlangenmoral: «Meine Zeit ist genauso wertvoll wie Ihre!» gebe ich, wenn ich meine moralischen Tage habe, dem sich Vordrängenden zu bedenken. «Machen Sie schon!» schnoddert er dann zwischen verächtlich und ungeduldig, von meiner Schlangenmoral unbeeindruckt. Oder: «Machen Sie kein Theater! In der Zeit wäre ich schon längst fertig.» Das steigert nur meine Wut, denn jener Mann scheint nicht zu begreifen, daß es mir nicht um die praktische Frage geht, ob die Wartezeit in einem Zusammenhang mit der

Größe des Einkaufs steht, sondern um die heiligen ungeschriebenen Gesetze der Schlange, um eine Frage also
höchsten moralischen Ranges. In meinem tiefsten Inneren
bin ich felsenfest von den asozialen Neigungen jener Menschen überzeugt, welche die Schlange nicht respektieren.

Nicht immer aber sind diejenigen, die sich mit ein paar
Birnen vorzudrängen versuchen, männlichen Geschlechts.
Neulich stand ich an der automatischen Waage Schlange.
Die Schlange kam von links. Gerade wog ein Mann eine Tüte mit Pfirsichen aus und wollte eine zweite Tüte mit Trau-
ben auf die Waage legen. Dazu kam er nicht, denn eine
Frau, rasch von rechts kommend, hatte schon eine Tüte
mit Fleischtomaten draufgelegt. Den Mann, einen Mann in
den Vierzigern, packte die heilige Wut. Zum Schimpfen
kam er aber vorerst nicht, denn bevor sein offener Mund
ein einziges Wort artikulieren konnte, hatte schon die Frau
ihre Hand auf seinen Arm gelegt, während sie mütterlich
beschwichtigend* sagte: «Is schon gut, bin schon fertig!»
Bloß, statt beschwichtigend auf den Mann zu wirken, stei-
gerten jene mütterlichen Worte und jene durchaus vertrau-
ensvolle Geste seine Wut geradezu ins Unermeßliche. Em-
pört bis angeekelt schlug er mit aller Wucht auf die Hand,
die immer noch auf seinem Arm lag: «Tun Sie Ihre Pfoten
weg!» Sie tat auch ihre Pfoten weg und ging weiter, verfolgt
von den Rufen des empörten Mannes: «Unverschämt ist
das! Sie drängt sich vor und dann betatschelt sie mich auch
noch!» Zum Glück war die Dame keine Kampfhenne.
Kampflos hatte sie gesiegt, kampflos damenhaft hatte sie die
Szene verlassen. Kampflos, aber nicht wortlos. Im Gehen verkündete sie laut genug zwischen verwundert und vergnügt:
«Nix normal! Nix normal!» während der angetatschelte

---

* Unsere ach so differenzierte Sprache kennt das Wort paternalistisch, nicht aber
das mindestens genau so gerechtfertigte maternalistisch. Interessant!

Mann, irgendwo zwischen verwundert, angeekelt und resigniert nur noch vor sich hin murmelte: «Armes Deutschland! Armes Deutschland!»

«Das ist die Hitze», wagte ich meine Standarderklärung zu einer Frau gewandt, die hinter mir Schlange stand.

«Nein, erwiderte sie, das ist nicht die Hitze. Einige Leute haben eben keine Erziehung.»

Wen meinte sie damit? Die siegesbewußte nicht-deutsche Frau oder den nix normalen deutschen Mann? Ich zog es vor, auf Klarheit zu verzichten, denn das Wissen hätte womöglich in mir den Moralapostel aktiviert. An jenem Tag war es mir nicht danach. Ich ließ es dabei bewenden, wobei der deutsche Mann, obwohl nach den Schlangenregeln im Recht, in meinen Augen eine wesentlich schlechtere Figur abgegeben hatte. Fast dachte ich mir: «Nicht-Deutsche haben doch ein gelasseneres Gemüt.» Fast. Denn kaum fertig mit dem Auswiegen meiner Birnen, Tomaten, Zwetschgen, Äpfel und Zucchinis, hörte ich jemanden neben mir schimpfen: «Immer im Weg! Immer im Weg!» Den Mann, der so redete, während er einen Karren mit Apfelkisten vor sich hinschob, verrieten Akzent, Satz und Aussehen als «Gast» unter den Deutschen. Mürrisch klang seine Stimme, aggressiv schob er seinen Karren wie einen Panzer vor sich her. Wer nicht flink auf die Seite sprang, brachte seine empfindlichen Knöchel in höchste Gefahr. Um jeden Zweifel über die Herkunft des mürrischen Panzerführers zu beseitigen, rief ihm eine Kollegin eine Frage entgegen, die mit den Worten anfing: «Du, Mohamed!»

Wer bis zum Ende Schlange steht, riskiert den Verlust einiger Gewißheiten.

ICH WEISS NICHT, WAS SOLL ES BEDEUTEN...

Manche Tage sind besonders ergiebig, auch in der Schlangenjagd. Es mag an der Witterung liegen. Vorauszusagen sind solche Tage nicht. Man muß einfach in ein Kaufhaus gehen und sich darauf einlassen, auf die immer neue Herausforderung der Schlange. Die Augen muß man offenhalten und die Ohren auch. Die Klappe lieber zu. Den Mund darf man in der Schlange nur zum Reagieren oder zum Provozieren aufmachen. Knapp, um die Beute nicht abzuschrecken. Wer unter Rededrang steht, taugt nicht für die Schlangenjagd. Die Beute taucht unaufgefordert und unerwartet auf. Am Obst- und Gemüsestand zum Beispiel.

An jenem Tag bediente dort eine Asiatin. Hätte ich nicht eine abnorme Angst, als Sexist oder gar als Rassist angepöbelt zu werden, hätte ich geschrieben: «An jenem Tag bediente dort eine appetitliche Asiatin.» Da ich aber unter der oben erwähnten Angst leide, habe ich es mir nur gedacht, nicht geschrieben. Sie bedient fast immer dort, dürfte Mitte dreißig bis vierzig sein, ist rundlich bis pummelig und ihre Erscheinung ist wie gerade eben gedacht und nicht gesagt. Aber auch mädchenhaft und mütterlich. Das darf ich ungestraft sowohl denken als auch sagen, ja sogar schreiben. Sie erinnert mich an die ehemalige Präsidentin Corazón Aquino.

Als ich vor dem Obst- und Gemüsestand landete, unterhielt sie sich gerade, während sie sie bediente, mit einer welken Frau Nähe fünfzig, von der ich behaupten würde, hätte ich nicht eine gewisse Angst davor, als primitiv und voller Vorurteile zu gelten, sie sei mit an Sicherheit grenzender Wahrscheinlichkeit die Frau eines evangelischen Pfarrers. Ich sage es aber nicht, ich denke es mir nur. Welk war sie auf jeden Fall und äußerst freundlich. Gerade erkundigte sie sich bei der blühenden Asiatin nach den Eigenschaften der kleinen Bananen. Süßer und aromatischer seien sie. Das interessierte die Pfarrersfrau sehr, die aber einen Schreck kriegte, als sie den Preis erfuhr. Ich selber kaufe sie hie und da und nur deswegen, weil sie mich an die Bananen meiner Kindheit erinnern, kleine, süße, aromatische Bananen, die wir uns nur sehr selten leisten konnten, wodurch sie uns um so besser schmeckten.

Fast hätte ich in die Lobpreisung der kleinen Bananen eingestimmt, aber an diesem Tag war ich langsam bis träge, und schon hatte die Käuferin ein paar kleine Bananen bestellt, und schon war die Verkäuferin dabei, sie zu wiegen. Das Gespräch zwischen beiden Frauen ging indessen weiter:

«Wo kommen Sie denn her?» erkundigte sich die welke Dame.

«Wer, die Bananen?» vergewisserte sich die Blühende.

«Nein, Sie!»

«Ich? Von den Philippinen komme ich.» (Nicht ohne Grund erinnert sie mich also an die Präsidentin Corazón Aquino!)

Die Philippinin reichte der Käuferin die Tüte mit den Bananen über die Theke. Die Käuferin nahm sie in Empfang und verabschiedete sich:

«Dann wünsche ich Ihnen alles Gute für Ihren Aufenthalt hier bei uns.»

Sie betonte Ihnen und bei uns. Fast hätte ich zu mir selbst gesagt: «Da haben wir einen typischen Fall von hilflosem Antirassismus.» Aber ich sagte es nicht, nicht einmal zu mir selbst.

Ich weiß nicht mehr, was ich selber kaufte. Mit der blühenden Verkäuferin sprach ich diesmal nur das Nötigste. Ich legte mein Obst und mein Gemüse in den

Einkaufswagen, sagte nur Tschüß, ziemlich leise, und zog unauffällig weiter, milde lächelnd und tief traurig. Aber im Grunde wußte auch ich nicht, was es bedeuten sollte, daß ich so traurig war.

VERLEGEN

Schlimm genug, wenn wir aus Verlegenheit nicht wissen, wohin mit Armen und Händen. Schlimm, aber nicht hoffnungslos, denn als letzter Zufluchtsort bieten sich die Hosen- oder Jackentaschen an. Wohin aber mit den Augen, wenn wir aus Verlegenheit nicht wissen, wohin damit? Sie zuzumachen ist selten ein geeigneter Ausweg.

Ich stand Schlange in dem Kaufhaus, in dem ich mich mit Butter, Sahne, Milch, Reis, Öl und verschiedenen haltbaren Nahrungsmitteln eindecke. Kurz vor Feierabend. Entsprechend lang war die Schlange. Ich stand an und war verlegen. Mit Armen und Händen hatte ich keine Probleme, denn ich hielt meinen Einkaufswagen mit beiden Händen fest und ließ ihn immer wieder einige Zentimeter vorrollen, dann nämlich, wenn die Schlange sich einen Ruck gab. Verloren und verlegen wanderten meine Augen durch den Raum, mal gen Decke, mal nach rechts zu der Nebenschlange, mal nach links zu der Regalwand mit Keksen und Pralinen, mal nach unten, das heißt in meinen Einkaufswagen hinein. Nur nach vorne wollten meine Augen nicht schauen, denn vorne hätten sie zwei lange, dünne, formlose Beine auf höchsten Absätzen gesehen, in gemusterter schwarzer Strumpfhose verpackt. Wo die formlosen Beine endeten, begann ein hautenges schwarzes Kleid, das einen verwelkten Hintern betonte. Schaute die Frau nach vorn, hätten sie auch ihren Nacken gesehen, denn die pechschwarz gefärbten Haare waren gekräuselt und hochgesteckt. Drehte sie sich um – und das tat sie häufig – hätten meine Augen ein zu einer trotzigen Maske hochgeschminktes Gesicht und einen überdimensionalen Ausschnitt gesehen, der ihnen großzügig Einblick ins Innenleben gewährt hätte.

Normalerweise hätte ich mich an einer so großzügigen Mitteilsamkeit erfreut. Nicht aber in diesem Fall, denn mit ihrem verwelkten Innenleben führte mir diese Frau die Vergänglichkeit aller Dinge und aller Menschen – auch aller Frauen – schmerzlich vor Augen.

Ob sie in ihrer Jugend schön gewesen war? Aufreizend gewiß. Jetzt, wie sie vor mir stand, war sie weder jung noch schön noch aufreizend. Am Willen zum Aufreizen fehlte es ihr allerdings nicht. Ich schämte mich fast dafür, sie für das zu halten, was sie durch Aufmachung und Haltung laut und grell verkündete.

An jenem Tag war die Schlange besonders lang und besonders langsam. Zehn Minuten noch bis zur Kasse? Um mich sofort von der Peinlichkeit jenes Anblicks zu befreien, hätte ich ganz einfach die Schlange verlassen können. Zum Beispiel auf der Suche nach Mandeln. Aber mir fiel diese verblüffend einfache Lösung nicht ein oder ich verwarf sie aus einem mir jetzt nicht mehr einfallenden Grund. Statt dessen wünschte ich mir, die Frau vor mir würde entdecken, sie hätte etwas vergessen, würde, um es aus dem Regal zu holen, die Schlange verlassen, und solange dazu brauchen, daß ich ihren verwaisten Einkaufswagen überholen könnte. Und fast so geschah es auch. Plötzlich verließ sie tatsächlich die Schlange und ließ ihren Einkaufswagen verwaist dastehen. Als der Abstand ihres verwaisten Wagens zum Rücken des vorderen Wartenden etwa einen Meter betrug, entschloß ich mich zu überholen und hatte das Überholmanöver fast geschafft, als jene traurige Verkörperung der Vergänglichkeit wieder auftauchte – ich weiß nicht, was sie in der Hand trug – und mich bei meinem Überholmanöver überraschte. Ihre alte trotzige Gesichtsmaske wurde kindisch trotzig und ohne jede Spur von Kompromißbereitschaft herrschte sie mich an:

«Ich bin aber hinter dem Mann da!»

Nicht etwa «ich war», sondern «ich bin». Hätte sie gesagt «ich war», hätte ich möglicherweise in Erwägung gezogen, um mein Recht aufs Überholen zu kämpfen, denn dieses Recht steht dem Schlangenstehenden zu, wenn der vordere Einkaufswagen eine gewisse Zeit verwaist bleibt. Dann hätte ich schön rechthaberisch erwidern können: «Sie waren es, Sie sind es aber nicht mehr.» Aber an jenem Abend verspürte ich keine Kampfeslust. Außerdem warnte mich mein Instinkt: «Diese Frau ist zu allem entschlossen, denn die Frage nach ihrer Würde entscheidet sich an der Frage, ob sie vor dir oder nach dir an die Kasse kommt.» Das sagte mein Instinkt, und ich hörte auf meinen Instinkt, und, obwohl die ungeschriebenen Gesetze der Schlange mir Recht gaben, schien es mir sinnvoller, mit egoistischer Großzügigkeit Gnade vor Recht walten zu lassen. Außerdem standen wir schon kurz vor der Kasse.

ULYSSES

Nein, den Ulysses, den von Joyce, habe ich noch nicht gelesen. Und ich weiß auch nicht, ob ich ihn je lesen werde. Einiges darüber weiß ich allerdings, denn meine Tochter Julia, die den Ulysses in- und auswendig kennt, ist eine unermüdliche Erzählerin. Von mir gefragt, ob ich nicht doch diese in meiner Bildung klaffende Wunde endlich schließen sollte, antwortete Julia lakonisch: «Nicht unbedingt.» Da sie es aber anscheinend nicht übers Herz bringen konnte, mich weiterhin joycelos dahinvegetieren zu sehen, legte sie mir *Ein Porträt des Künstlers als junger Mann* ans Herz. «Wegen der Jesuiten», sagte sie mir. «Auch Joyce war ein Jesuitenschüler, auch im Internat.» Trotz dieser gravierenden Gemeinsamkeit habe ich es lang nicht soweit gebracht wie Joyce. Vielleicht weil ich wesentlich länger bei den Jesuiten war als er. Nicht mal das Beste ist im Übermaß gut.

Also bei der nächsten Gelegenheit kaufte ich mir das Buch von Joyce, und es blieb monatelang liegen, bis wir im Wonnemonat Mai ins Allgäu fuhren und es mitnahmen. «Für den Fall, daß es regnet.» Und es regnete und war kalt. Solange es draußen kalt war und regnete, las mir meine Frau in der warmen Stube sehr einfühlsam aus diesem Buch vor, in welchem Joyce, nicht weniger einfühlsam, aus seiner Zeit bei den Jesuiten erzählt. Zum Glück herrschten Regen und Kälte nur die ersten drei Tage, drei Tage, die wir vor allem dem Schlaf und der Lektüre widmeten. Danach zogen wir es vor, das wunderbare und wundersame Treiben der Buchen im Freien zu erleben. Es hatte immerhin lang genug geregnet, um bis Seite 85 zu kommen, lang genug, um das wunderbare und wundersame Treiben des joyceschen Schreibstils zu erleben. Ich weiß, es grenzt an literarische Blasphemie, wenn ich jenen tausendmal bewunderten, tausendfach imitierten Stil meines großen Mitschülers mit «gedanklichem Schluckauf» umschreibe, aber da stehe ich und kann nicht anders. Jedenfalls hat mich diese kurze Bekanntschaft mit Joyce insofern angesteckt, als ich eine unwiderstehliche Lust spüre, es ihm auf meine bescheidene Art und Weise nachzumachen, indem ich sämtliche Schlangenfetzen niederschreibe, die mir einfallen, und zwar in der Reihenfolge, in der sie mir einfallen.

Und da fällt mir als erstes jene Kassiererin ein, die der Kundin vor mir, einer rothaarigen, dicklichen um die fünfzig mit den sprichwörtlich runtergezogenen schwäbischen Mundwinkeln, anvertraute: «Ja, ich wohne in der Nibelungenstraße und heiße Brunhilde mit Vornamen.» Dabei kicherte sie, aber alles war umsonst, denn die Kundin schien in Sachen Wagner nicht besonders bewandert zu sein. Ich selbst fühlte mich nicht befugt, jene vertrauliche Mitteilung der Kassiererin mit meinem Lächeln oder gar mit meinem Lachen zu honorieren, denn ich war eindeutig nicht der Adressat jener vertraulichen Mitteilung. Bei den Jesuiten hatte ich ja vor allem Diskretion gelernt.

Zu mir war jene Kassiererin keinesfalls vertraulich, sie ignorierte mich. Sie war aber eine merkwürdige Kassiererin, denn sie wußte nicht einmal den Preis der Tomaten. So fragte sie die Kassiererin von nebenan, von links nebenan: «Was koschde die Domade?» Die Domade koschdede an jenem Tag 3.80 DM das Pfund. Ja, ich erinnere mich genau, auch Joyce erinnert sich ganz genau an winzige Details nach all den Jahren. Vielleicht haben Jesuitenschüler es in sich.

Wie ich mich auch genau an jene schrullige alte Frau erinnere, die sich zu mir gesellte, als ich im Zug nach Pasing vor der Toilette stand. Dadurch, daß sie sich zu mir gesellte, bildeten wir eine Schlange. Aber jene alte, schrullige Frau mit weißgelocktem Haar und schrillem Rot auf den

Lippen schien die Schlangengesetze nicht zu kennen oder sie übergehen zu wollen, denn, als sie dort ankam, wo ich schon ein Weilchen anstand, sagte ich zu ihr: «Alle Toiletten sind besetzt.»

«Ja, alle sind besetzt», erwiderte sie und stellte sich vor mich. Selbstverständlich und ohne sich zu bedanken oder gar zu entschuldigen, ging sie vor mir in die Toilette, nachdem ein dickbäuchiger Mann in Lederhose herausgekommen war. Das Verhalten der weißgelockten alten Frau mit den schrill roten Lippen, das ich als freches Verhalten brandmarken würde, wenn mich mein Respekt vor dem Alter nicht daran hindern würde, schockierte mich nicht, ja, es wunderte mich nicht einmal allzu sehr, denn jene Frau hatte ich schon vor etwa zehn Minuten von ihrer besten Seite kennengelernt. Es war die gleiche alte Frau, die in Augsburg eingestiegen war, die mich durch ihr Verhalten, welches frech zu nennen ich mich aus dem genannten Grund nicht traue, zu dem Gedanken inspiriert hatte, wie ein Krimi im Stil von Patricia Highsmith anfangen könnte. So etwa:

«Die Tür des Abteils wurde von außen halb geöffnet. Durch die Spalte schaute ein weißgelockter Kopf mit knallroten Lippen. Es folgte ein zierlicher Körper in einem geblümten Baumwollkleid. Die Dame sagte Grüß Gott und inspizierte das Abteil. Am Fenster rechts saß ich. Mir gegenüber meine Frau. Rechts neben meiner Frau lag auf dem Sitz ein schwarzer Aktenkoffer, der einem mitreisenden Herrn in grauem Anzug gehörte, der gerade zum Speisewagen gegangen war. Drei Sitze waren frei. Die Frau, etwa siebzig, zeigte auf den Sitz, auf dem der Aktenkoffer lag, und sagte entschieden: ‹Da will ich sitzen.› Freundlich klärte sie meine Frau auf: ‹Da sitzt schon ein Herr.› ‹Es macht nichts, da will ich sitzen, tun Sie den Koffer weg!› Und meine Frau tat den Koffer zur Seite.»

Der Roman sollte auf dem Friedhof enden. Genüßlich würde ich beschreiben, wie jene Frau von ihrem eigenen Sohn ermordet werden sollte.

Jene Frau ließ sich Zeit auf der Toilette. Ich trat von einem Bein auf das andere, bis sich ein Herr in grauem Anzug zu mir gesellte. Ich erkannte den Herrn wieder, dessen Platz von der alten Dame handstreichartig erobert worden war. Wieder war ich Glied oder gar Mitglied einer Schlange geworden. Ich kommentierte: «Dieselbe Frau, die Ihnen den Platz weggenommen hat, hat sich gerade hier vorgedrängt.» Der Mann im grauen Anzug deutete ein Lächeln an, das mich zu einem weiterem Kommentar motivierte: «Die Frau wäre ja toll als Ehefrau, und noch besser als Mutter.» Der Mann im grauen Anzug guckte weg, es war ihm anscheinend zu vertraulich für eine Kloschlange.

Mitteilsamkeit in der Schlange, nicht nur in der Kloschlange, ist nicht jedermanns Sache. Auch nicht jede Kassiererin liebt Mitteilsamkeit. Manche scheint allerdings auf einen Vorwand zur Mitteilsamkeit nur zu warten. Da war mal eine Kassiererin in Berlin, natürlich lang vor dem Mauerfall, da trug ich oft beim Einkaufen meine Tochter Julia im Rucksack. Das motivierte die Kassiererinnen ungemein. Jene rüstige Kassiererin, eindeutig Großmutter, erzählte mir unaufgefordert von der schönen alten Zeit, die gar nicht schön war, denn es gab noch keine Pille, und man mußte höllisch aufpassen und konnte nie ruhig schlafen, beischlafen schon gar nicht, ständig in Angst, schon wieder schwanger zu werden.

In Berlin gibt es keinen Berg, nur einen lächerlichen Teufelsberg. So steht in Berlin kein Kloster auf einem Berg. Das Kloster Andechs aber steht auf einem Berg. Man schwitzt, wenn man hochgeht. Vom Schwitzen kriegt man Durst. Gegen den Durst hilft bekanntlich Bier. In Andechs trinkt man das schönste Bockbier der Welt, das haben bekanntlich die Mönche erfunden, um dem Fastengebot flüssigerweise zu entgehen. In Andechs steht gewiß die größte Bierschlange der Welt. Im August des Jahres 1970 stand ich zum ersten Mal in Andechs Schlange. Mein Schwiegervater selig, der im August des Jahres 1970 noch nicht mein amtlich anerkannter Schwiegervater war, hatte den mitgebrachten Radi mit seinem Taschenmesser kunstvoll zu einer Spirale geschnitten. Damals durfte man in Andechs Mitgebrachtes verzehren. Meine Frau meint, das sei heute auch noch so. In Andechs wird man nicht bedient, da muß man sich selbst das Bier holen. Eine unendliche Schlange entsteht, die an der Theke anfängt, sich durch die kolossale Bierstube bis zur Tür durchschlängelt, um sich auf dem Bierhof fortzusetzen. Im August des Jahres 1970 stand ich zum ersten Mal in der längsten Bierschlange der Welt. Wahrscheinlich war ich damals der einzige nicht Deutsche in jener bayrischen Bierschlange, aber das merkte niemand, denn in der Bierschlange muß man nicht reden, wenn man nicht angesprochen wird, und ich wurde nicht angesprochen. Fast dreißig Jahre später war die Bierschlange in Andechs etwas internationaler. Nein, Türken habe ich keine darunter erkannt, nur ein asiatisches Paar. Mein Schwiegervater lebte nicht mehr, so hat er auch keinen Radi kunstvoll geschnitten, zu einer Spirale, mit dem eigenen Taschenmesser. Ich habe meinen Schwiegervater sehr vermißt. Ich will nicht mehr nach Andechs, zu der längsten Bierschlange der Welt. Fade schmeckt mir das beste Bockbier der Welt ohne den von meinem Schwiegervater selig mit dem eigenen Taschenmesser kunstvoll zu einer Spirale geschnittenen Radi...

WORIN LIEGT DAS PROBLEM?

In schwarzer Hose und in schwarzem Jackett stand sie mitten im Raum. Zwei Schalter waren offen. An jedem der beiden offenen Schalter wurde gerade ein Mensch abgefertigt, ob männlich oder weiblich, jung oder alt, weiß ich nicht. Ich hatte nur Augen für die junge Frau im schicken, beinahe hätte ich gesagt, rituellen Schwarz. Sie war die einzige Person, die anstand. Und sie stand nicht eindeutig an, eher rechts stand sie. Durchaus zweideutig. Also stellte ich mich eindeutig links an. Nicht nur deswegen stellte ich mich eindeutig links an, weil ich Eindeutigkeit so sehr liebe, daß ich mich beinahe als Eindeutigkeitsfanatiker bezeichnen könnte, was nicht zuletzt an meiner vorzüglichen katholischen Erziehung liegt. Zu meiner eigenen Schande und nicht ohne Schmerz gestehe ich, Zweideutiges fast nur im Humor und in der Literatur zu schätzen, trotz meines fortgeschrittenen Alters. Jeder hat seine Macken, die angeborenen sowieso, und die anerzogenen auch noch. Dazu kam aber noch, daß ich wohl wußte, da es sich gehört, daß ein Schlangenmensch sich eindeutig hinstellt, sobald er nicht der einzige oder der letzte in der Schlange ist. Bin ich der letzte, kann ich getrost zwischen zwei Schlangen wandern, pendeln oder gar jonglieren. Sobald aber jemand hinter mir steht, hat er das Recht, genau zu wissen, wo ich stehe. Das bin ich ihm schuldig. Dazu zwingt mich ein ungeschriebenes Schlangengesetz, das Gesetz des eindeutigen Anstehens. Nicht nur aus Gesetzestreue, nein, auch aus Eigeninteresse stellte ich mich eindeutig links an, denn mein geschulter Schlangeninstinkt sagte mir, daß der linke Schalter als erster frei werden würde. Und in der Tat: Der Mensch an meinem Schalter wurde eher fertig als der Mensch am rechten Schalter.

Gelassen bis gemächlich setzte ich mich in Richtung Schalter in Bewegung, kam aber nicht weiter als anderthalb Schritte, denn die schicke junge Dame in Schwarz schoß blitzschnell an mir vorbei, während sie mich im Vorbeigehen zischend tadelte:

«Sie müssen sich hinten anstellen.»

Es mag melodramatisch klingen, aber ich versichere Ihnen, daß ich in diesem Augenblick die Welt nicht verstand. Ich sollte mich hinten anstellen, ich, der eindeutig und anständig Position in der Schlange bezogen und dadurch eine der wichtigsten ungeschriebenen Schlangengesetze erfüllt hatte. Mir hat es wortwörtlich die Sprache verschlagen, so daß ich im ersten Augenblick lediglich Einsilbiges zu stammeln in der Lage war: «So was!» Aber auch vier einsilbige Vokabeln: «Das gibt es nicht!» Als ich mich von meiner geistigen Lähmung soweit erholt hatte, daß ich auch mehrsilbige Wörter zu artikulieren imstande war, schrie ich an die Adresse der schwarz gekleideten jungen Frau:

«Das ist unverschämt! Unverschämt ist das!»

Da sie nicht reagierte, steigerte ich meine Wutäußerungen:

«Eine Schweinerei ist das! Sie steht rechts und drängt sich links vor! Unverschämt!»

Jetzt drehte sie sich halb um und korrigierte mich:

«Ich stand nicht rechts, ich stand in der Mitte.»

Daß sie das auch noch zugab, gab mir Mut und Argumente zum nächsten Angriff:

«Das ist ja toll! Sich alle Optionen offen halten, sich die Rosinen aus dem Kuchen rauspicken!»

Sie drehte ihren Kopf um circa fünfzehn Grad, und in konziliantem Ton versuchte sie, mich zu besänftigen:

«Ich brauche sowieso nicht lange!»

Die junge Dame hatte den Kern des Problems nicht erfaßt. Es ging mir nicht um die Dauer ihrer Zuwiderhandlung, sondern um ihre Zuwiderhandlung als solche. Es ging mir um die Gültigkeit der ungeschriebenen Gesetze der Schlange. Natürlich sind Ausnahmen möglich, aber erst nach Absprache. Wenn sie es eilig hatte, hätte sie mich ruhig um Vorfahrt bitten müssen und ich hätte ihr gewiß die Vorfahrt gewährt, denn ich hatte es keinesfalls eilig. Und wenn man mich nicht angreift, bin ich sogar charmant, ja, das können Sie mir glauben. Und hier fühlte ich mich, zu Recht (!) angegriffen. So erwiderte ich:

«Ich brauche auch nicht lang, aber das ist nicht das Problem.»

Ohne sich diesmal überhaupt umzudrehen, fragte sie mich in höhnischem Ton:

«Worin liegt also das Problem?»

Wieder verschlug es mir die Sprache, denn das Problem lag zunächst darin, daß sie darin kein Problem sah. Ich schluckte und dachte nach, widersprach aber vorsorglich mit einem beleidigten «Unverschämt!», um Zeit zum Nachdenken zu gewinnen, und auch, um nicht den Eindruck zu erwecken, ich gäbe mich geschlagen. In der Tat saß ich in der Klemme, denn worin lag eigentlich das Problem? Sie brauchte nicht lang, ich brauchte nicht lang. Zeit ist zwar ein äußerst kostbares Gut, zugegeben, aber sind ein paar Minuten dieses kostbaren Gutes so kostbar, daß es sich deswegen lohnt, einen Streit mit einer junge Dame in rituellem Schwarz vom Zaun zu brechen, und das auch noch in aller Öffentlichkeit? Wenn es mir um die paar Brösele Zeit gegangen wäre, wären meine Empörung und mein Streit tatsächlich lächerlich gewesen, zumal ich es überhaupt nicht eilig hatte: Kein Termin war zu wahren, keine Gefahr bestand, einen Bus oder gar einen Zug zu versäumen. Aber ich spürte: Ob lächerlich oder nicht, (darüber würde ich später nachdenken können), mir ging es nicht um die paar Fetzen Zeit. Es ging mir um irgendein Prinzip.

Um welches denn? Ich selber bin nicht dafür, daß sämtliche Gesetze, die geschriebenen wie die ungeschriebenen, bedingungslos erfüllt werden. Das Gesetz darf nie das letzte Wort haben. Also war die reine Überschreitung eines ungeschriebenen Schlangengesetzes seitens der jungen Dame in Schwarz nicht der Grund meiner Empörung. Zumal jenes ungeschriebene Gesetz nicht einmal die beste Lösung der Warteprobleme in der Schlange darstellt. Noch mehr: Dieses Gesetz beinhaltet eine strukturelle Ungerechtigkeit. Denn, wenn jeder, der neu dazu kommt, sich eindeutig in eine Schlange einreiht, läuft er Gefahr, später dran zu kommen als jemand, der später ankommt und sich in eine Schlange einreiht, die schneller kriecht. Ein Gesetz, das die Erfüllung des höchsten Gutes der Gerechtigkeit dem reinen Zufall überläßt, ist ein Gesetz mindester Qualität und schreit nach Reform. Die Post scheint die strukturelle Ungerechtigkeit dieses ungeschriebenen Schlangengesetzes erkannt zu haben und läßt uns neuerdings beim Hauptpostamt und bei der Post am Bahnhof in einer einzigen Schlange, Warteschleife genannt, anstehen; und diese einzige Schlange gilt für sämtliche offene Schalter. Ob die Zuwiderhandlung der jungen Dame in rituellem Schwarz bewußt oder unbewußt dieser anderen, gerechteren Logik der Schlange gehorchte?

Das alles fiel mir aber in der äußerst kurzen Zeit, die verging, bis ich dran kam, verständlicherweise nicht ein; durch meinen Kopf gingen höchstens Fetzen dieser Gedanken. So stammelte ich, bis ich dran kam, lediglich ein paar mal ein wenig überzeugendes «Unverschämt!» Trotzdem suchte ich Verstärkung oder vielleicht nur Trost beim Postbeamten, indem ich ihm erklärte:

«Sie stand in der Mitte und wollte sich nicht festlegen.»

«Ich mische mich in solche Sachen nie mehr ein.»

«Das ist klug so», pflichtete ich ihm bei.

Auf dem Weg zum Bus, im Bus, auf dem Weg vom Bus nach Hause, zu Hause beim Kochen ließ mir die Frage der jungen Dame keine Ruh: «Worin liegt also das Problem?» Ja, worin zum Teufel lag das Problem?

Diese Frage stellte ich meiner Frau, als sie vom Geschäft heimkam, nachdem ich ihr den Fall geschildert und sie von meinen Überlegungen in Kenntnis gesetzt hatte.

«Das Problem liegt darin», befand meine Frau, «daß sie einseitig eine Regel, und sei sie ungeschrieben, aufgekündigt hat.»

«Moment! Ich kann nicht die ganze Welt um Einverständnis bitten, bevor ich ein Gesetz, das ich als unsinnig erkenne, aufkündige. Du und ich ignorieren am laufenden Band ungeschriebene Gesetze, von den geschriebenen nicht zu reden, ohne uns davor das Einverständnis aller Beteiligten einzuholen. Wieviele Konventionen haben wir zwei, und zwar ganz vergnüglich, über den Haufen geschmissen?»

«Ja schon, aber in diesem Fall hätte es die junge Dame nichts gekostet, sich mit dir beim Warten zu verständigen.»

Ja, wahrscheinlich lag darin das Problem, meine Frau schien schon wieder Recht zu haben. Aber nur halb, denn das Problem lag letzten Endes darin, daß ich nicht rechtzeitig erkannt hatte, daß der in jener zweideutigen Lage liegende Konflikt ganz einfach zu entschärfen gewesen wäre. Mein verstorbener Freund Walter, kein Prinzipienreiter wie ich, hätte sich ganz anders verhalten. Er hätte gleich in seinem unnachahmlich charmanten Ton die junge Dame gefragt, vor welchem Schalter sie denn warte. Und die junge Dame hätte wahrscheinlich gesagt, daß sie vor beiden Schaltern warte. Und Walter hätte entweder sich damit abgefunden oder mit seinem Charme die junge Dame dazu gebracht, sich festzulegen. Aber Walter hat nicht lange genug gelebt, um mich mit seiner Wendigkeit soweit anzustecken, daß... Also darin lag das Problem. Aber die junge

Dame in rituellem Schwarz wird das nicht mehr erfahren. Sie wird leider einen motzenden älteren bis alten Mann in Erinnerung behalten, der sie unverschämt nannte, obwohl er es überhaupt nicht eilig hatte. Und dabei hätte jene junge Dame vom Alter und vom rituellen Schwarz her eine meiner Töchter sein können... Aber vielleicht lag gerade darin das Problem.

NICHT GRÖSSER ALS EIN TASCHENTUCH

In der Schlange begegnete ich einer Frau namens Pilar. Um diese Begegnung zu ermöglichen, mußten sich zuerst einige Vorgeschichten ereignen.

Vorgeschichte Nummer 1: Mein alter Freund Federico (zu Deutsch Fritz) ist heute immer noch Theologieprofesssor. Das kann passieren. Das kommt sogar in den besten Familien vor, und niemand soll daran Anstoß nehmen, denn es gibt Krankheiten, gegen die bestimmte Menschen keine Abwehrkräfte besitzen. So müssen sie sich ihr ganzes Leben lang damit plagen und damit abfinden. Manche leben sogar davon – nach dem Prinzip: «Mach aus deiner Schwäche deine Stärke!» Also, mein alter Freund Federico (Fede für die Freunde) hat es in seinem hohen Alter noch nicht geschafft, die Krankheit der Theologie an sich und in sich erfolgreich zu bekämpfen, er hat sie nicht einmal zu bekämpfen versucht, er hat sie sogar gepflegt, gründlich und vorsätzlich gepflegt. Mit dem für ihn erfreulichen Ergebnis, daß er davon lebt. Und nicht schlecht.
 Dieser mein alter Freund lebt und doziert seit über zwanzig Jahren in Madrid.

Vorgeschichte Nummer 2: Pilar heißt Pilar, weil viele Frauen in Spanien Pilar heißen. Nach der Virgen del Pilar, der Jungfrau auf der Säule, die in Zaragoza verehrt wird und als Garantin für die besondere Katholizität Spaniens gelten soll und gilt. Pilar ist also eine Frau. Eine intensiv christliche. Ich sage nicht streng christlich, sondern intensiv christlich. Diese intensiv christliche Frau ist auch eine intensiv weibliche Christin. Als intensiv christliche Frau war sie an Theologie interessiert. Als intensiv weibliche Christin wollte sie das männliche Monopol in Sachen Theologie durchbrechen: «Wir haben es satt, von den Männern in Sachen Theologie betrogen zu werden.» Sie und manche ihresgleichen beschlossen also, um nicht weiter von den Männern betrogen zu werden, Theologie zu studieren. Der bösere Teil meines Ichs möchte mich allzu gern dazu verleiten, den letzten Satz anders zu formulieren. Etwa so: «Um nicht weiter von den Männern in den Dingen des Glaubens betrogen zu werden, beschlossen einige Frauen, Theologie zu studieren, um selbst zu betrügen, auch sich selbst.» Aber ich gebe dem böseren Teil meines Ichs nicht nach und bitte den Protokollanten, den letzten Satz aus dem Protokoll zu streichen. Also Pilar beschließt, um sich von den männlichen Theologen nicht verarschen zu lassen, sich selbst der Theologie zu bemächtigen. (Die Formulierung ist von mir, sie selbst formuliert es weniger machtbesessen, weiblicher eben.) Obwohl in Bilbao wohnhaft, nimmt sie das Theologiestudium in Madrid auf, wo mein Freund Federico doziert, dessen Studentin sie auch prompt wird. Es beginnt damit eine Kette von Gemeinsamkeiten, die irgendwann zu einer Begegnung mit mir in einer Schlange führen wird. Aber ich darf den Ausgang der Geschichte nicht schon jetzt verraten und ziehe diese letzte Bemerkung zurück.

Vorgeschichte Nummer 3: Pilar schließt ihr Theologiestudium erfolgreich ab. Es vergehen Jahre, während derer Pilar sich an der theologischen Fakultät von und zu Bilbao mehr oder auch weniger erfolgreich darum bemüht, die betrügerische Theologie der Männer durch eine ehrliche Theologie der Frauen auszugleichen. Dabei hat sie auch mit dem Widerstand jener Professoren zu kämpfen, die schon vor ewigen Zeiten auch meine gewesen waren. Bloß, damals waren sie jung und fortschrittlich. Heute sind nur ihre Studenten jung.

Vorgeschichte Nummer 4: Pilar erringt in theologischen Kreisen einen anscheinend nicht mehr zu überhörenden Namen, denn sie erklimmt im Jahre 1994 einen ziemlich hohen Posten im weltumspannenden Katholischen Bibelbund, dessen Zentrale in Stuttgart, ganz in der Nähe eines neuen spanischen Geschäftes steht. (Sie merken, die Geschichte nähert sich ihrem Höhepunkt.)

Vorgeschichte Nummer 5: Im Sommer 1995 treffen sich auf einem Seminar in Madrid mein alter Freund Federico, der in Vorgeschichte 1 gewürdigte Theologieprofessor, und die aus dem Weltdorf Stuttgart angereiste Pilar. Beim Austausch von untheologischen Nettigkeiten erfährt mein alter Freund, der Theologieprofessor, daß seine ehemalige Studentin und heutige Kollegin Pilar in Stuttgart lebt. Prompt denkt er an mich und sagt: «In Stuttgart lebt ein alter Freund von mir, ein gewisser Aparicio. Die genaue Adresse weiß ich nicht, ich weiß nur, daß er in der Libanonstraße wohnt.» Pilar hält diese Information für nicht besonders lebenswichtig, was sie nicht daran hindert, meinen ausgesprochen schönen Namen zu speichern. Sie kehrt nach Stuttgart zurück und fährt fort, ihrer feministisch-theologischen Tätigkeit nachzugehen.

Dazwischenzuschiebende Geschichten: In der Mozartstraße ist vor etwa einem Jahr dem spanischen Geschäft in der Heinrich-Baumann-Straße Konkurrenz erwachsen.

In einem Anfall von Romantik habe ich im vergangenen September da wiederangeknüpft, wo ich vor einem Vierteljahrhundert anfing, beim Versuch nämlich, spanischen Erwachsenen Deutsch beizubringen. Damals in der sogenannten «spanischen Mission» in Berlin, Nürnberger Straße, jetzt im spanischen Zentrum in Stuttgart, Wilhelmstraße.

Die Inhaberin des spanischen Geschäftes in der Mozart-straße beschließt, ihr Deutsch zu verbessern. Sie kommt zu meinem Unterricht.

Zum Unterricht bringe ich eines Tages einige Plakate für meine Veranstaltung «Fremdgehen mit einer Fremdsprache» mit. Darauf ist sowohl mein Name in großen Lettern als auch mein Konterfei zu sehen. («Ich habe gerade in der Ostendbuchhandlung Ihr Konterfei gesehen», verkündete mir meine Nachbarin anerkennend, wodurch das Wort Konterfei in mein aktives Sprachbewußtsein vorrückte.) Die Inhaberin des spanischen Geschäftes in der Mozartstra-ße nimmt ein Plakat mit meinem Konterfei mit und hängt es auf – neben der Kasse.

Hauptgeschichte: Es ist ein strahlender Herbstnachmittag des dieses Jahr den Namen «golden» verdienenden Okto-bers. Es ist Dienstag. Nach dem Büro fahre ich ins spani-sche Geschäft in der Mozartstraße, denn dienstags gibt es dort frischen Fisch und frisches Meeresgetier. Ein knappes Kilo dicke, volle Venusmuscheln und vier kleine Meerbras-sen landen in meinem Einkaufskorb. Es ist kurz vor Feier-abend. Vier, fünf Menschen stehen vor der Kasse. Eine bescheidene Schlange. Hinter mir eine Frau. Zu dem Zeit-punkt ist dies aber auch alles, was ich von ihr wahrnehme, denn die Müdigkeit nimmt mir die Neugier, selbst auf Frauen, weg. Eines nehme ich trotzdem in meinem Nebel wahr: Obwohl die Veranstaltung über das Fremdgehen schon längst vorbei ist, hängt immer noch neben der Kasse das Plakat mit dem Foto, auf dem ich sogar mir selbst ge-falle. Mein eigener Anblick stimmt mich etwas munterer. Dadurch etwas empfänglicher für meine Umwelt gewor-den, dämmert es mir, die Frau hinter mir, jetzt fast neben mir, beobachtet mich intensiv. Ich drehe mich halb um, nach rechts zu ihr rüber. Jetzt steht sie vor mir: Eine Frau in den Dreißigern, ausgesprochen spanisch, aber keinen Deut theologisch aussehend, lächelt mich offen an. Ehe ich eine Frage stellen kann, lüftet sie schon das Geheimnis: «Du bist es also, Aparicio! Vor Tagen sah ich dich auf dem Plakat und dachte: Das muß der Aparicio sein, den ich suche, ohne ihn richtig zu suchen. Und jetzt stehst du vor mir in der Schlange.» Und in der Schlange beginnt ein Gespräch, das sich dann vor dem Laden fortsetzt, in dessen Verlauf ich die Details der Vorgeschichten 2 bis 5 erfahre. Und einiges mehr.

Es wurde dunkler und kühler und wir verabschiedeten uns «hasta pronto!», bis bald. Auf dem Nachhauseweg konnte ich mich nur über die Gültigkeit jenes banalen spanischen Spruchs wundern: «El mundo es un pañuelo.» Die Welt ist tatsächlich nicht viel größer als ein Taschentuch.

MIT TROTZIGER FREUDE

Es muß so gegen halb eins gewesen sein, denn die Schlangen hatten schon Überlänge, ein sicheres Zeichen, daß die sprichwörtlich fleißigen Stadtbediensteten angefangen hatten, in die Mittagspause herauszuströmen, in jene Mittagspause, die angeblich eine halbe Stunde beträgt. Wieder hatte ich die langsamste Schlange erwischt. Ich hatte es ziemlich eilig, und trotzdem wechselte ich nicht zu der rechten Schlange über, denn ich wußte nur zu gut, daß meine vor sich hin schlummernde Schlange in dem Augenblick, in dem ich sie verlassen würde, äußerst munter werden, während die neue Schlange plötzlich unter Lähmungserscheinungen leiden würde. Ich harrte also in meiner langsam kriechenden Schlange aus.

Links von mir stand keine Schlange, denn die Kasse links von uns war verwaist. Auf einmal sah ich, wie eine schlanke Kassiererin energischen Schrittes auf die leere Kasse zusteuerte und die Schranke öffnete, in der eindeutigen Absicht, die bis dahin verwaiste Kasse zu besetzen. Ich sah es, mein schlangengeschultes Auge erkannte sofort, daß ich der erste in unserer Schlange war, der es erkannt hatte; ich erkannte deswegen, daß ich gleich dran käme, wenn ich sofort mit meinem Wagen auf die linke Kasse zusteuern würde, wodurch mir eine Zeitersparnis von mindestens acht Minuten sicher wäre, und... und ich blieb seelenruhig stehen, während meine bisherigen Schlangengenossinnen scharenweise nach links abwanderten. Und dabei hätte ich es eigentlich eilig haben sollen...

Am Abend erzählte ich die Geschichte meinem Freund Günter, der treffsicher diagnostizierte:

«Du hattest heute eindeutig deinen Leck-mich-am-Arsch-Tag. Manchmal geht es mir ähnlich wie Dir heute, aber nicht in der Schlange, weil ich so gut wie nie Schlange stehe, das macht meine Frau. Mir geht es manchmal mit der Straßenbahn ähnlich, und zwar gern an Tagen, wo ich unbedingt diese Straßenbahn erwischen müßte, diese und nicht die nächste, denn mit der nächsten würde ich mich hoffnungslos verspäten. Und gerade dann weigere ich mich, die letzten paar Meter zu rennen. Ich weiß, wenn ich nur ein bißchen rennen würde, würde ich die Bahn ohne große Mühe erwischen. Aber nein, ich will nicht einmal dieses Bißchen rennen. Ich will einfach nicht. Und ich renne nicht, ich laufe gemäßigten Schrittes weiter, als hätte ich alle Zeit der Welt, und die Bahn fährt mir vor der Nase weg, und statt mich wie sonst darüber zu ärgern, wenn mir die Bahn vor der Nase wegfährt, freue ich mich sogar darüber so sehr, daß ich es als einen Sieg betrachte, die Bahn verpaßt zu haben, wo ich es doch sonst als eine persönliche Niederlage, ja als eine Kränkung empfinde, wenn mir die Bahn um ein paar Sekunden davonfährt. Wenn ich also da stehe und seelenruhig bis höchst befriedigt auf die nächste Bahn warte, dann beglückwünsche ich mich selbst mit trotziger Freude, denn offenkundig habe ich meinen Leck-mich-am-Arsch-Tag.»

Ich glaube, Günter hat es erfaßt.

EINE METALLSCHLANGE

An jenem klaren Tag im Spätwinter wurde ich in einer Bildungsstätte des DGB erwartet. Ich sollte vor Betriebsräten referieren, allesamt nicht Deutsche oder Deutsche aus zweiter Hand, wie ich. Für dreizehn Uhr war das Referat mit anschließender Diskussion angesagt. Das Ende der Diskussion war für fünfzehn Uhr vorgesehen. Danach Essen.

Um fünfzehn Uhr dreißig hörten wir mit dem Diskutieren auf und stellten uns brav, mit einem braunen Tablett bewaffnet, vor der Essensausgabe an. Es bildete sich eine Metallschlange. An der Theke gab es Schweinebraten, Kartoffelsalat, ein Blättchen Grünsalat und eine halbe Tomate. Zwei daumendicke Scheiben Schweinebraten pro Kopf. Oh je, oh je, dachte ich mir, da fastest Du lieber. Bis ich dann das Wort Hähnchenschenkel aufschnappte. Meine Rettung.

«Ja, ja», klärte mich ein spanischer Kollege auf, «es gibt Hähnchen und es gibt auch Fleisch.»

Ich kann es tatsächlich nicht lassen, denn prompt verstrickte ich mich in eine Diskussion darüber, ob es richtig sei, zwischen Fleisch und Hähnchen zu unterscheiden, denn Hähnchen sei auch Fleisch, Geflügelfleisch, aber Fleisch.

«Nein, nein», beteuerte, von meiner Rhetorik unbeeindruckt, der spanische Kollege: «Fisch ist auch kein Fleisch.»

«Ich hätte gerne Hähnchenschenkel», verkündete ich gegenüber der Frau hinter der Theke, als ich an der Reihe war.

«Nein, Hähnchenschenkel gibt es nur für die türkischen Kollegen. Für die anderen gibt es Fleisch.»

Ich vergaß meinen privaten Kreuzzug für sprachliche Genauigkeit und entgegnete nur:

«Ich möchte aber kein Fleisch.»

«Hähnchen ist nur für die Türken bestellt», wiederholte die Dame entschieden aber freundlich, freundlich genug, um mich die Hoffnung auf einen Hähnchenschenkel nicht aufgeben zu lassen:

«Dann bin ich halt ein Türke.»

«Warten Sie mal ab, ob was übrigbleibt.»

Und ich trat zur Seite und wartete. Ein Relief an der Wand bot mir Beschäftigung während des Wartens. Mehrere Zahnräder und in feierlichen Buchstaben der Spruch aus heldenhaften Zeiten: «Alle Räder stehen still – wenn Dein starker Arm es will.» Räder, starker Arm, Fleisch. Bevor diese Begriffe sich zu einem sinnvollen Satz zusammenfanden, war die Schlange durch. Tatsächlich war Hähnchen übrig. Irgendein türkischer Kollege war also abtrünnig geworden.

Ich nahm mein Hähnchenfleisch, meinen Kartoffelsalat, mein Blättchen Grünsalat und meine halbe Tomate auf meinem braunen Tablett mit, ging in den Speisesaal und setzte mich zu zwei türkischen Kolleginnen, bei denen ich mich aufgehoben fühlte, in der Gemeinschaft der Geflügelesser. Wir unterhielten uns darüber, daß wir am liebsten Fisch essen würden. Für einen starken Arm nicht gerade förderlich.

FLASCHE BLEIBT FLASCHE

Ich behaupte ja nicht, das Lachen über die eigenen Witze sei eine schwäbische Spezialität, aber nirgendwo habe ich so viele Leute über ihre eigenen Witze lachen sehen wie im Schwabenland. Zum Lachen setzt der schwäbische Witzeerzähler schon im Vorfeld an, bevor er mit dem Erzählen angefangen hat, um sich dann während des Erzählens mühsam zusammenzunehmen, bis er dann mitten in der Pointe zu lachen anfängt, schallend zu lachen anfängt, nicht gerade vergnügt, nur laut, um dann irgendwann erschöpft aufzuhören, wobei er dann, zur Ruhe gekommen, nicht selten die Pointe noch einmal und noch einmal wiederholt, an jene unter seinen Zuhörern gewandt, die von der umwerfenden Schlagkraft des Witzes nicht ganz so überzeugt zu sein scheinen wie der Erzähler selbst, um auch den letzten Widerspenstigen unter ihnen umzustimmen. Es sei denn, die Zuhörer sind allesamt auch Schwaben, denn dann lachen sie alle schallend im Chor, selbst über den letzten Mist, hätte ich fast gesagt, aber ich sage es nicht, denn, wenn ich es sagen täte, täte ich dadurch nur beweisen, daß ich ein unverbesserlicher Neig'schmeckter bin, der wo nichts vom richtigen Humor versteht.

Immerhin habe ich es hier besser als daheim, wo ich mir die Witze meiner zweitältesten Schwester anhören mußte, die keine Schwäbin war und immer noch nicht ist und trotzdem nicht nur über ihre eigenen Witze lacht, sondern jedem ungefragt die Pointe erklärt, etwa in der Art: «Weißt Du, der Mann selbst hatte einen Buckel, deswegen ist es so grotesk, daß er den anderen Kamel nennt, verstehst du, das Kamel hat nämlich auch einen Buckel oder sogar zwei...»

Meine zweitälteste Schwester ist wie gesagt keine Schwäbin, aber der Herr mit Hut, der gerade seine Einkäufe bezahlt und eingepackt hatte und sich dann mit dem Marktleiter und der Kassiererin laut unterhielt, war Schwabe. Nein, er unterhielt sich nicht mit ihnen, er unterhielt sie, er dachte, er würde sie unterhalten, in der Tat erzählte er ihnen bloß einen Witz, einen langen Witz, von dem ich nur die Pointe mitkriegte, als ich mich in die Kassenschlange einreihte, die Pointe und das Lachen des Schwaben, das laute, nicht gerade vergnügte Lachen des behüteten Schwaben in den Sechzigern:

«Es ist wie beim Wein, die Etiketten werden ausgetauscht, aber die Flaschen bleiben dieselben.»

Und er brach in Gelächter aus und wiederholte, als er sich von seinem Lachanfall einigermaßen erholt hatte: «Die Etiketten werden ausgetauscht, aber die Flaschen bleiben dieselben, ja, die Flaschen bleiben dieselben.» Mit seinen Blicken forderte er die Kassiererin, aber vor allem den Marktleiter dazu auf, mitzulachen oder sich dazu zu äußern, und die Kassiererin, die keine Schwäbin war, lächelte verlegen, und der Marktleiter, der kein Schwabe war und dem man ansah, was er dachte (er dachte nämlich: «so einen Witz über Flaschen kann nur eine Flasche erzählen»), der Marktleiter sagte höflich: «Da haben Sie wieder Recht» und ging weiter, brachte sich außer Reichweite, und der Witzeerzähler verfolgte ihn mit seinen Blicken und mit seiner lauten Stimme: «Aber die Flaschen bleiben dieselben...»

Es war offensichtlich ein ergiebiger Schlangentag, sagen wir mal eher ein ergiebiger Flaschentag, denn gerade davor war ich im selben Laden in der bescheidenen Gemüseschlange, die nur aus mir und einem undeutschen Ehepaar in den Fünfzigern bestanden hatte, mit einer hochkarätigen Flasche konfrontiert worden. «Du alles schlecht, du alles kaputt!» brummte der Ehemann immer wieder und sehr laut. Zuerst dachte ich, er würde seine Frau meinen, aber nein, er meinte die Gemüseverkäuferin, eine eindeutig undeutsche junge Frau, die mit dem Rücken zu uns vor einem Korb stand und daraus Peperoni klaubte, um sie in ein kleines, braunes Papiertütchen zu stecken. Mir wurde es gleich klar, daß sie nur die besten Peperoni aus dem Korb holte. Die hochkarätige Flasche, ein rundlicher, rotbackiger, halbkahlköpfiger Herr in den Fünfzigern, schien allerdings anderer Meinung zu sein, denn er wiederholte unentwegt und laut und immer aufgeregter: «Du alles schlecht, du alles kaputt», bis sich die Verkäuferin mit dem braunen Tütchen in der Hand umdrehte und merkte, daß sie und sonst niemand mit jenen unfreundlichen Kommentaren bedacht wurde. Verständnislos fragend schaute sie mich an, als die Litanei «Du alles schlecht, du alles kaputt» nicht aufhören wollte. Dann schien sie zu begreifen:

«Was wollen Sie denn? Ich habe die besten für Sie ausgesucht!»

Die Flasche ließ sich davon keineswegs beeindrucken:

«Du alles schlecht, du alles kaputt...»

«Gut», sagte sie dann, «soll ich alles wieder in den Korb zurückgeben?»

«Laß! Laß!», murrte er nur, riß der Verkäuferin das Tütchen mit den Peperonis aus der Hand, kehrte ihr den Rücken zu und ging.

«Es ist nicht mein Tag», sagte mir die Verkäuferin zwischen resigniert und vergnügt.

«Vielleicht wird es ab jetzt besser», versuchte ich sie wenig überzeugend zu trösten und bestellte einen schönen Friséesalat, ein dickes Stück Ingwer und sechshundert Gramm Austernpilze. Dann eilte ich zur Kasse, wo ich prompt jener anderen Flasche begegnete, die den Witz über die Flaschen erzählte. Als ich aus dem Laden rauskam, dachte ich mir: Mit schwäbischer oder mit unschwäbischer Etikette: Flasche bleibt Flasche.

FEHL AM PLATZ

Wer war eigentlich fehl am Platz? Er, weil er kaum Deutsch konnte, oder ich, weil ich kein Wort Türkisch verstand? Jedenfalls konnte ich ihm mit Worten nicht klarmachen, daß ich den Eindruck hatte, die Waage würde spinnen und sie hätte meinen Thunfisch falsch gewogen, falsch zu meinen Gunsten. Er seinerseits hatte völlig verdutzt geguckt, als die Waage nur etwas über 200 Gramm, also vier Mark und ein paar Pfennige angezeigt hatte, aber mir konnte er seinen Verdacht nicht mitteilen, mit Worten nicht. Seine Augen hatten seine Verwirrung verraten. Zögerlich hatte er mit einem dicken Filzstift den verdächtig niedrigen Preis auf die Tüte geschrieben.

Ich spielte reflexartig ein doppeltes Spiel: Einerseits dachte ich mir, es sei nicht meine Schuld, wenn die Waage zu meinen Gunsten spinne. Andererseits schämte ich mich schon etwas dafür, daß ich nicht ernsthaft versucht hatte, für Gerechtigkeit zu sorgen. Um mein halb waches Gewissen ganz zu beruhigen, guckte ich den Verkäufer für einen Augenblick fragend an und hielt dabei die fragliche Tüte hoch. Er erwiderte meinen fragenden Blick mit einer resignierten Geste, worauf ich meinerseits mit einer resignierten Geste antwortete, die Tüte in den Einkaufswagen legte und weiter ging, mich aber dann auffällig lang in der Nähe herumtrieb, indem ich mir unnötig viel Zeit ließ, die richtigen Birnen – nicht zu weich, nicht zu hart – und die reifsten unter den frischen Feigen auszusuchen. Dabei behielt ich den Mann am Fischstand im Auge, der, mich ebenfalls im Auge behaltend, unruhig bis aufgeregt wirkte, bis er sich schließlich dazu entschied, einem Kollegen, der am anderen Ende der Halle Kisten zählte, ganz laut irgend etwas zuzurufen. Auf Türkisch, versteht sich.

Ich wußte es gleich, ohne ein Wort zu verstehen: Er bat gerade den Kollegen, sich die spinnende Waage anzuschauen. Indem ich meine Tüte mit dem verdächtig leichten Fisch hochhielt und den Augenkontakt mit ihm suchte und auch fand, gab ich dem Hilferufenden zu verstehen, die Tüte sei da und er könne sie jederzeit zurückhaben und neu wiegen. Er erwiderte mein Signal mit einem beruhigenden und beruhigten Augenwink. Den Wagen ließ ich also da stehen und ging zum Brotstand, wo größere und kleinere, runde und viereckige Fladenbrote, italienisches Brot, Dreikornbrot und verschieden gefüllte Blätterteigtaschen mich anlockten. Während mir dort die Wahl zwischen einem türkischen Fladen und einem italienischen Brot äußerst schwer fiel, war der Kollege zum Fischstand geeilt, hatte kurz an der Waage gefummelt, war zu meinem dastehenden Wagen gegangen, hatte die Fischtüte rausgefischt, sie neu gewogen, den neuen Preis mit einem dicken Filzstift darauf geschrieben und sie wieder in den Wagen gelegt. Ich nickte von weitem, entschied mich für ein italienisches Brot und kehrte zu meinem Wagen zurück. Mein Thunfisch kostete jetzt über 10 Mark. «Mehr wie doppel», rief mir der Fischverkäufer in erstaunlich eloquentem Deutsch zu. Mir fiel leider nicht ein, «tamam» zu rufen, eins der zwei türkischen Wörter, die ich kann, was soviel wie «kein Problem» bedeutet. Statt dessen nickte ich wieder und sagte: «Es war klar.» Und ging weiter. Ich hatte das Gefühl, der Einkaufswagen wäre tatsächlich schwerer geworden.

Damit ging ich fast geradeaus zur Kasse. Nur vor dem Fleischstand konnte ich mir nicht verkneifen, ein paar Sekunden stehenzubleiben, um auf das Lammfleisch einen gierigen Blick zu werfen. Aber ich hatte schon meinen Thunfisch für den Abend. An der Kasse saß eine sehr junge Frau mit hellem Kopftuch, das ihr Haar ganz bedeckte, ohne sie dadurch in eine behelmte, alterslose, wehrhafte Nonne zu verwandeln. Die junge Frau, ziemlich klein, etwas rundlich und sehr freundlich, wirkte beinahe kindlich. Und aufgeweckt, sehr sogar.

Wir hatten Zeit und Ruhe. Es war mitten am Tag und mitten in der Woche. Keine lange Schlange. Vorerst nur ich. Ich schaute mir die junge Frau an, die flink, aber ruhig meinen Einkauf eintippte. Ein Freund hatte mir erzählt, der riesige Supermarkt gehöre einem frommen Moslem, deswegen müßten die Kassiererinnen ein Kopftuch tragen. Das hatte mir, aufgeklärt wie ich halt bin, nicht gefallen. So suchte ich – nicht mal insgeheim – nach einem Grund, am Anblick jener jungen Frau Mißfallen zu finden. Vergeblich. Sie hatte ein hübsches, rundliches Gesicht mit weichen und doch selbstbewußten Zügen. Sie wirkte nicht prüde und auch nicht eingeschüchtert. Sie hatte mein «Grüß Gott!» offen erwidert und mich dabei ebenso offen angeschaut. Sie saß aufrecht da und lächelte, während sie flink eintippte. Unter ihrem Kopftuch. Gerne hätte ich gehabt, sie hätte sich dauernd vertippt, wäre krumm dagesessen und hätte finster dreingeschaut. Aber den Gefallen schien sie mir nicht tun zu wollen.

Ein Deutscher in den Fünfzigern näherte sich der Kasse von der Seite. Er hielt eine Cola-Dose in der linken, einige Münzen in der rechten Hand. Er wollte ganz offenkundig sein geringfügiges Kaufgeschäft informell an der Kasse erledigen, ohne sich hinten anzustellen. Alltag. Bloß, normalerweise sind es Jugendliche, die diese Abkürzung suchen. Ich war gespannt auf die Reaktion der bekopftuchten Kassiererin. Sie ging auf die Sonderwünsche des Deutschen in den Fünfzigern nicht ein, verlor aber dabei nicht im geringsten ihre Ruhe: Bestimmt und freundlich, freundlich und bestimmt sagte sie zum Mann mit der Cola-Dose: «Sie müssen aber warten.» Und der Mann wartete eben.

Ich war entzückt – wider Willen.

Ein Pascha

Wer von uns christlich getauften, ritterlich erzogenen, links aufgeklärten Männern sonnt sich nicht gerne in der eigenen Frauenfreundlichkeit? Würden wir noch an Gott glauben, würden wir ihm gewiß dafür danken, daß er uns nicht in einem islamischen Land hat auf die Welt kommen lassen. So danken wir dem Schicksal und sonnen uns dabei, als wäre es unser eigenes Verdienst.

An jenem saukalten Februarnachmittag in Gablenberg hatte ich viel Zeit zum Mich-Sonnen, denn die Schlange besaß Überlänge und kroch nur äußerst langsam voran. Den Anlaß zum Mich-Sonnen lieferte mir ein ungleiches Paar, von dem mich nur eine junge Mutter mit Kinderwagen trennte, die ich aber nicht weiter beachtete, denn das ungleiche Paar lieferte vom Völkerkundlichen her wesentlich mehr Beobachtungsstoff als die junge blonde Mutter mit ihren hellen freundlichen Augen und ihrem Kinderwagen. So widmete ich mich der Beobachtung des ungleichen, exotischen Paares:

Sehr jung war die Frau, Mitte dreißig der Mann. Während die Frau ihre Haare vollständig in einem weißen Kopftuch verhüllte, das fast bis zu den Augenbrauen reichte, zeigte der Mann unverhüllt seinen dunklen Bart und seine braune Glatze. Sofern es ihr weites, langes, hellblaues Kleid ahnen ließ, war sie eher als zierlich zu bezeichnen, während er seine Leibesfülle weder verbergen wollte noch konnte. Redete sie so leise, daß sie eher flüsterte, posaunte er seine zerhackten Worte in einer betont kehligen Sprache hinaus. Schon bevor wir Schlangengenossen wurden, waren sie mir aufgefallen, wie die junge Frau sich leise gleitend, wie auf Rädern bewegte, während er militärisch selbstbewußt zwischen den Regalen rumtrampelte.

Ein gefundenes Fressen. Ich begann, mich zu sonnen. Ich hatte sogar Zeit genug zum Phantasieren. In grellen Farben malte ich mir aus, wie jene zierliche Frau, zu Hause angelangt, den riesigen Einkauf die hohe Treppe hochträgt, wie er ohne Last hinterherkeucht, der fette Pascha, wie sie alles alleine auspackt, nachdem sie ihm die Schuhe aus, die Pantoffeln angezogen hat, wie sie ihm auf Knien den Tee serviert... Meine sich sonnende Phantasie machte einen Sprung und landete auf dem Bett des ungleichen Paares, wo der grobe Macho die arme zierliche Frau wild und rücksichtslos mißbraucht... Vor lauter Sonnen muß ich fast einen Sonnenstich gekriegt haben, denn auf einmal spürte ich den Wunsch, der grobschlächtige Mann mit dem dunklen Bart und der dunklen Glatze möge ein deutliches Zeichen seiner islamischen Rücksichtslosigkeit geben, er möge seine zierliche Frau anschreien oder gar beleidigen, so deutlich, daß wir es alle sehen und spüren, selbst wenn wir die Sprache nicht verstehen. «Ich würde sofort eingreifen», höre ich mich zu mir sagen, «ich würde nicht schweigen, ich würde den dunklen Mann fragen, ob er keinen Respekt vor seiner Frau habe...»

Während ich mich sonne, phantasiere und mit heldenhaften Gedanken die Würde der islamischen Frau gegen den islamischen Mann verteidige, sehe ich, wie der dunkle Mann sich zu der jungen Mutter mit dem Kinderwagen umdreht und ihr mit unmißverständlichen Zeichen zu verstehen gibt, sie solle vor ihm zur Kasse, denn er mit seinem vollen Einkaufswagen brauche lange an der Kasse und sie, mit ihrem Kinderwagen, sollte nicht unbedingt so lange warten müssen. Dabei lächelt er offen, freundlich und sogar süß.

Es ist mein Hund...

Der Tag war besonders heiß, einer jener Tage im Juli, an denen ich mich nur höchst ungern in die Innenstadt begebe. Wenn ich es dann doch tue, überkommt mich dort nach wenigen Minuten eine Stimmung, die sich aus zwei an sich fast gegensätzlichen Gemütszuständen zusammensetzt: Gereiztheit und Trägheit. Hauptsache an solchen Tagen: nur das wirklich Unerläßliche, was sich keinesfalls verschieben läßt, erledigen und abhauen, in den Bus steigen und möglichst schnell nach Gablenberg zurück, wo selbst an tropischen Tagen ein Lüftchen weht.

An einem solcher Tage stand ich mit meinem vollen Einkaufswagen in einem Supermarkt der Stadtmitte Schlange. Zwei gleiche, etwa fünfzehn Meter lange Schlangen schmückten das Geschäft. Für solche Fälle habe ich immer eine Zeitung oder ein Büchle bei mir. Ich holte mein Büchle raus und fing zu lesen an, leichte Kost, denn auf die Schlangenordnung muß man schon gleichzeitig aufpassen, will man nicht unnötige Konflikte heraufbeschwören. An jenem Tag konnte ich nicht lange lesen, denn bald wurde meine Aufmerksamkeit durch laute Stimmen vom Buch abgelenkt. Irgendjemand stritt vorne an der anderen Kasse, Frauen offensichtlich, eine davon keine Schwäbin, womöglich sogar keine Deutsche. Etwa zehn Meter trennten mich noch von der Kasse. Als es nur noch fünf Meter waren, hatte der Streit immer noch nicht aufgehört und ich konnte das Schauspiel aus der Nähe erleben: Es ging im Grunde um gar nichts, aber sie stritten und stritten. Der Gegenstand des Disputs war lediglich die Frage, ob die Käuferin ihre Sachen schnell genug von der Kassenfläche abgeräumt hatte. Die Kassiererin schimpfte über die Langsamkeit der

Kundin, die Kundin schimpfte über die Hektik der Kassiererin. Es wäre belanglos gewesen und geblieben, hätte es nicht der Zufall so gewollt, daß die Kassiererin eine Deutsche und die Kundin eine Nicht-Deutsche war. Zu allem Überfluß handelte es sich bei der Kundin um eine ziemlich dunkelhäutige Frau, nicht gerade eine Schwarze, aber fast. Noch war der Streit auf der persönlichen Ebene ausgetragen worden. Ich war gespannt, wann er in einem Kulturstreit ausarten werde. Bald geschah das, allerdings durch Einwirkung von außen, als eine etwa siebzigjährige Dame, die kurz vor mir stand, offensichtlich eine deutsche alte Dame, genervt in die Debatte eingriff:

«Bei Ihnen zu Hause, in Ihrer Heimat, können Sie ruhig frech sein, aber nicht hier bei uns!»

Aus irgendeinem geheimnisvollen Grund ging die dunkelhäutige Dame, die wirklich nicht auf den Mund gefallen war, auf jene Provokation nicht ein, packte die letzten Dosen und Flaschen in den Wagen und verließ die Kasse, um einige Meter weiter neben dem Ausgang den Einkauf in die eigenen Einkaufstaschen zu befördern. Dabei blieb sie ganz still. Nicht so eine zweite alte deutsche Dame, die anfing, über die Fast-Schwarze zu schimpfen. Ich dachte, es ginge weiter um den vergangenen Kulturstreit. Es ging aber um etwas ganz anderes: Mit strenger Stimme sagte die neue alte deutsche Dame zu der dunkelhäutigen Frau, sie solle nicht den Hund treten. Erst dann entdeckte ich, daß auf dem Boden neben der dunkelhäutigen Dame ein ziemlich großer Hund saß. Die Verteidigung war sehr einfach. Sie fing mit den Worten an:

«Es ist mein Hund und...»

Weiter mußte sie nicht reden, da entschuldigte sich schon die alte deutsche Dame:

«Ach so, es ist Ihr eigener Hund? Das habe ich nicht gewußt.»

Sie hörte nicht mehr auf den zweiten Teil der Verteidigung:

»... und ich trete meinen Hund nicht.«

Ich hörte es, obwohl ich noch neben der Kasse stand und meinen Einkauf in den Wagen packte. Meine Kasse war die andere gewesen, also auch meine Kassiererin. Es war eine hübsche junge Frau, die sich in den Streit nicht eingeschaltet hatte. Ich hatte mich gewundert. Jetzt, wo alles vorbei war, sagte sie seelenruhig zu mir:

«Diese Hitze macht die Menschen nervös.»

Da ich ihr bedeutete, wie sehr ich ihre Ruhe bewunderte, erwiderte sie lächelnd:

«Es lohnt sich nicht, sich über solche Sachen zu ärgern. Sonst wäre das alles zu anstrengend.»

ER ALT, ER JUNG

Mein Freund Félix traut der Post nicht, der spanischen nicht und der deutschen auch nicht. Deswegen schickt er mir seine Briefe fast ausnahmslos per Einschreiben, mit dem Ergebnis, daß ich abends, wenn ich nach Hause komme, in meinem Briefkasten den weißen Zettel vorfinde, auf dem es heißt, ich sei nicht angetroffen worden, eine Briefsendung per Einschreiben warte auf mich in der Hauptpost, ich dürfe sie von 9.00 bis 18.00 Uhr abholen, «heute jedoch nicht». Dieser gewählte Ausdruck versetzt mich jedesmal beinahe in Ekstase: «heute jedoch nicht!» Ich werde ihn sehr vermissen, wenn er eines Tages im Zuge der unerbittlichen Modernisierung der Post unter die Räder kommt.

Jedesmal, wenn ich einen solchen Zettel vorfinde, kriege ich, neben der Ekstase, einen Schreck, denn Einschreiben riechen bei mir zunächst sehr verdächtig nach Vermieter, und ein Vermieter erweckt in mir sofort Mieterhöhungsängste oder gar Kündigungspanik. Dieser Schreck dauert von dem ersten Augenblick, in dem ich auf dem weißen Zettel ein Kreuz vor dem «Einschreiben» entdecke, bis ich die eingeschriebene Sendung in den Händen des Postbeamten erblicke und die spanischen Briefmarken erkenne. Erst dann gebe ich mir selbst Entwarnung.

Also wieder hatte mich ein Einschreiben zu Hause verpaßt, und wieder mußte ich zur Hauptpost pilgern. Heute jedoch nicht. Also morgen ab 9.00 Uhr. Kurz nach 9.00 Uhr war ich da. Mein weißer Zettel hatte mich auf die Schalter 20 bis 22 verwiesen. Alle drei waren zu. Drei andere standen offen. Schalter 23, 24 und 26. Jeweils eine lange, bunte Schlange verzierte die drei offenen Schalter. Die Wartenden hatten sich hübsch regelmäßig verteilt.

Etwa zehn auf jede Schlange. Alle drei Schlangen krochen an jenem Morgen äußerst langsam voran. Ich hatte Zeit, die Schilder um uns herum zu studieren. Die meisten priesen die Vorzüge der Postbank. Sie lockten Sparer mit Zinsangeboten von 4 bis 5%. Die Kündigungsfristen sind mir nicht in Erinnerung geblieben. Dafür habe ich den genauen Text eines mit Filzstift geschriebenen Schildes im Gedächtnis behalten: «Ausgabe von benachrichtigten Sendungen: Schalter 23 bis 27». Irgend etwas stimmte dabei nicht: «Ausgabe von benachrichtigten Sendungen...» Benachrichtigt werden Menschen, nicht Sendungen, oder? Ja, doch, Menschen bekommen eine Benachrichtigung über eine Sendung. Aber wie hätte es anders formuliert werden müssen? «Ausgabe von Sendungen, deren Empfänger benachrichtigt worden sind»? Zu umständlich. Der postamtliche Urheber jenes Schildes war gewiß auf seine glänzende sprachliche Leistung stolz, noch glänzender als das «heute jedoch nicht» des weißen Benachrichtigungszettels.

Unsere Schlange kroch langsam voran. Aber sie kroch. Nicht so die Schlange zu unserer Rechten, die inzwischen zum Stillstand gekommen war. Bei ihr tat sich nichts. Eine Frau in den Vierzigern wurde allmählich ungeduldig und schimpfte. Nein, sie schimpfte nicht auf den jüngeren Schaltermann, eindeutig ein Neuling, der, seiner Aufgabe noch nicht gewachsen, sich hinter der Theke mit dem Paket eines Postkunden abmühte. Sie schimpfte auf den Postkunden, der ein Paket aufgeben wollte, bei dem irgend etwas nicht stimmte, wodurch die Schlange am Kriechen gehindert wurde: «Der Herr hätte mindestens die Adresse zu Hause aufs Paket schreiben können...» Anders dachte eine Frau in den Dreißigern, die hinter der Vierzigjährigen anstand. Warum unsere Schlange vorankroch, während die eigene stockte? Ganz einfach: «Er alt, er jung», diagnostizierte sie, während sie auf unseren und dann auf ihren eigenen

Beamten zeigte. «Er alt, er jung. Er Erfahrung, er nicht Erfahrung.» Die Frau in den Vierzigern widersprach: «Nein, nein, daran liegt es nicht, es liegt an dem Herrn, der nicht einmal die Adresse aufs Paket geschrieben hat. Mindestens das hätte er zu Hause machen können. Bei uns, wissen Sie, bei uns ist es üblich...» Die Frau in den Dreißigern war nicht im geringsten daran interessiert, was bei uns üblich oder unüblich sei, sie beharrte auf ihrer durchaus einleuchtenden Interpretation des auffällig unterschiedlichen Kriechtempos zweier nebeneinander und zur gleichen Zeit geborener Schlangen. Sie zeigte erneut auf den alten und dann wieder auf den jungen Postmann: «Er alt, er jung. Er Erfahrung, er nicht Erfahrung.» Lange wäre jener eloquente Disput zwischen der Frau in den Vierzigern und der in den Dreißigern weitergegangen, wären nicht der junge, unerfahrene Postbeamte und der Postkunde, der nicht einmal die Adresse aufs Paket zu Hause hatte schreiben können, mit ihrer äußerst schwierigen Aufgabe irgendwann doch fertig geworden, wodurch dann die Schlange zum Kriechen, der höchst unterschiedliche Redefluß der beiden Frauen zum Stillstand kam.

Inzwischen war ich an jener Markierung angelangt, wo unsere modernisierte Post uns dazu auffordert, stehenzubleiben, damit wir dem Postkunden vor uns nicht in die Karten gucken können. Seit ich mich in die Schlange eingereiht hatte, waren vierzehn Minuten vergangen. Der Postbeamte, der das hohe Lob verdient hatte, «er alt, er Erfahrung», bediente mich zügig und freundlich. Ich wette, er gehört zu den ganz Aktiven in der Postgewerkschaft. Er hatte jene Patina, die nur eine langjährige Gewerkschaftsarbeit verleiht. Wie dem auch sei, der patinareiche Postbeamte nahm meinen Benachrichtigungszettel und meinen Personalausweis entgegen, verglich die Angaben auf meinem Ausweis mit denen auf dem weißen

Benachrichtigungszettel, verschwand mit dem Zettel hinter einer Trennwand und kam nach etwa zwanzig Sekunden mit der benachrichtigten Sendung zurück, einem großen Umschlag mit spanischen Briefmarken. Entwarnung. Kein Vermieter in Sicht. Tatsächlich hatte wieder mein Freund Félix sein Mißtrauen gegenüber der Post bekundet. Auf meine Kosten. Eine einfache Summe dokumentierte die Höhe der Rechnung, die ich begleichen mußte:

Gang von zu Hause zur Straßenbahn: 6 Minuten; auf die Straßenbahn warten: 2,5 Minuten; Straßenbahnfahrt (bergab): 8 Minuten; Gang von der Straßenbahn zur Hauptpost: 1,5 Minuten; Schlangestehen: 14 Minuten; Erledigung des Geschäftes selbst: etwa eine Minute; Gang von der Hauptpost zur Straßenbahn: 1,5 Minuten; auf die Straßenbahn warten: 7 Minuten; Straßenbahnfahrt (bergauf): 9 Minuten; Gang von der Straßenbahn bis nach Hause: 6 Minuten. Gesamt: 56,5 Minuten.

Ein Einschreiben kann sehr, sehr teuer kommen, die Aufregung wegen der Mieterhöhungsängste und die Kündigungspanik nicht mitgerechnet. Trotzdem werde ich mich bei Félix nicht beschweren, denn er meint es ja nur gut. Und Gutes ist bekanntlich teuer.

EILE MIT WEILE

Als junges Mädchen hat meine Mutter bei einer dörflichen Herrschaft gedient. Davon blieb an ihr nur das Herrschaftliche, nicht das Dörfliche haften. Zum Repertoire der Verhaltensregeln, die sie von jener dörflichen Herrschaft übernommen hat, gehören Sprüche wie «Verschiebe nicht auf morgen, was du heute kannst besorgen»; «Morgenstund' hat Gold im Mund»; aber vor allem, wenn mich mein Gedächtnis nicht täuscht, eine aufwendige Version des deutschen «Eile mit Weile!» Was meine Mutter sagt, würde sich in wortwörtlicher Übersetzung ungefähr so anhören: «Lauf besonders langsam, wenn du es besonders eilig hast.» Vielleicht verdanke ich diesem Spruch die sehr frühe Erkenntnis von der sprichwörtlichen Kluft zwischen Anspruch und Wirklichkeit, denn meine Mutter selbst pflegte in Hektik zu geraten, wenn es darum ging, zum Zug oder zum Bus zu gehen, und sei es nur, um jemanden abzuholen. Selbst wenn wir sonntags zur Messe mußten, geriet sie in Hektik, aus Angst, erst nach dem Opfergang die Kirche zu betreten, denn dann wäre jene Messe ungültig gewesen. Nicht, daß meine Mutter sich aus Religion und Kirche viel gemacht hätte. Im Grunde handelte sie in Sachen Gebote und Sünden nach dem pragmatischen Motto: «Wer weiß? Für den Fall, daß das alles mit Himmel und Hölle stimmt, tun wir gut daran, wenn wir die wichtigsten Regeln der Kirche respektieren.» Und außerdem – und auch das gehörte zum geistigen Nachlaß jener dörflichen Herrschaft, bei der sie als junges Mädchen gedient hatte – was man tut, tut man richtig, richtig und pünktlich und gewissenhaft.

Gewissenhaft und pünktlich und pflichtbewußt war mein Vater auch, aber ihm fehlten völlig die herrschaftlichen Allüren, während die dörflichen an ihm unverkennbar waren, obwohl er mit dem Militärdienst das Dorf Auf-nimmer-Wiedersehen verlassen hatte. Das nervte meine Mutter sehr, die gerne eine Herrschaft, und sei es nur eine dörfliche, geheiratet hätte. Warum sie es nicht getan hat? Vielleicht waren die zu ehelichenden dörflichen Herrschaften einfach zu wenige, und die Herrschaft, bei der sie gedient hatte, war meines Wissens damals schon mehr als betagt.

Ob ich das Dörfliche meines Vaters oder das Herrschaftliche meiner Mutter oder keines von beiden geerbt habe, darüber sollen andere urteilen. Das Hektische meiner Mutter habe ich gewiß nicht geerbt. Der beste Beweis dafür ist der, daß ich Schlangen nicht nur nicht hasse oder gar meide, sondern sie suche und – etwas überzogen ausgedrückt – sie sogar liebe. Schlangen und Hektik vertragen sich nicht. Überhaupt versuche ich mich an das «Eile mit Weile» in allen nur erdenklichen Situationen zu halten, wenn genug Spielraum für solche Geistesübungen vorhanden ist, denn es gibt Situationen, in denen jeder vernünftige Mensch mit Eile eilen sollte, wenn Gefahr im Verzug ist beispielsweise.

Also wenn es geht, versuche ich mit Weile zu eilen. Wie neulich Ende März. Für 18:00 Uhr erwartete ich Gäste, denen ich mit dem Versprechen einer Fischsuppe und einer Paella den Mund wäßrig gemacht hatte. Um 18:00 Uhr sollte das Essen beginnen. Erst um 16:00 Uhr konnte ich das Büro verlassen und mich in die Markthalle begeben. Es war Freitag. An jenem Freitag war ich besonders wählerisch. Nur das Beste vom Besten wollte ich haben. Knoblauch zum Beispiel: dicke, feste Knollen. Die kriege ich an einem der Gewürzstände. Bloß, da wo sonst höchstens ein Kunde ansteht, stand an jenem Freitag eine bescheidene Schlange von drei Kundinnen und zwei Kunden, und jede und jeder von ihnen wollte dies Gewürz und jenes Gewürz und das da hinten auch noch. Eine Kundin mittleren Alters wollte sogar Beratung über die Eigenschaften und Tugenden des gelbmachenden Gewürzes Kurkuma. Als sie diese Geheimnisse erfahren hatte, wollte sie auch noch den Unterschied zwischen den verschiedenen Pfeffersorten wissen: schwarz, weiß, Cayennepfeffer und Piment. Freundlich, geduldig, ausführlich klärte sie der Verkäufer auf, während ich mich in der Tugend übte, meiner wachsenden Ungeduld keinen Ausdruck zu verleihen. So trat ich nicht von einem Fuß auf den anderen, sondern stand in einer lässigen Haltung da und wartete, bis ich dran käme. Als ich endlich dran kam, erfuhr ich, daß gar kein Knoblauch da war: «Nein, es ist heute keiner eingetroffen, es tut mir leid. Schauen Sie beim Kollegen um die Ecke, dort an jenem Gemüsestand.» Zügig und gelassen lief ich die fünfzehn Meter, die mich vom Kollegen um die Ecke trennten. Beim Kollegen um die Ecke waren alles Kolleginnen: eine ältere mit schwäbisch runtergezogenen Mundwinkeln und eine kahlgeschorene junge Frau. Aber der Knoblauch sah verlockend dick und fest aus. Ich suchte mir ein besonders vielversprechendes Exemplar aus und hielt es der Kahlgeschorenen entgegen.

«Es tut mir leid, da steht jemand an.»

«Ach, ja, Entschuldigung, ich hatte es übersehen.»

Jener jemand war eine aufgetakelte, hochgeschminkte Mittvierzigerin, die eine Zucchini, hundert Gramm Ackersalat, hundertfünfzig Gramm Champignons, eine Knolle Fenchel, eine rote Paprikaschote, hundert Gramm Coctailtomaten, ein Pfund Birnen und dreihundert Gramm Zwiebeln haben wollte. Mit meinem Knoblauch in der Hand bemühte ich mich währenddessen erfolgreich darum, nicht von einem Fuß auf den anderen zu treten und versuchte anhand ihres Einkaufs zu rekonstruieren, was die aufgetakelte Mittvierzigerin für ein Menü vorhaben könnte. Ich kriegte es nicht zusammen. Aus diesen Gedanken wurde ich von der kahlgeschorenen Verkäuferin herausgerissen:

«Sie sind dran!»

«Ach, ja, danke!»

Ich überreichte ihr den Knoblauch, sie wog ihn, gab ihn mir wieder, ich steckte ihn ein und zahlte. Unverschämt teuer. «Na, ja, Qualität muß man bezahlen», tröstete ich mich, nicht ahnend, daß jene prächtige Knolle sich später in der Küche als verfault entpuppen würde, und lief um die nächste Ecke zum Fischstand. Keine Schlange in Sicht, das Feld ist frei!

Denkste! Das Feld war frei, bis jetzt, aber jetzt, gerade jetzt, eine Zehntel Sekunde vor dir sind drei Menschen eingetroffen: zwei schwäbische Burschen um die dreißig und ein schwäbisches Madel Mitte zwanzig, bullig die Burschen, erstaunlich zierlich das Madel. («Vielleicht ist sie doch keine Schwäbin.») Sie scheinen zusammenzugehören. Doch, doch, sie gehören zusammen. Also, sehr lange kann es nicht dauern. Es sei denn, sie haben etwas Umständliches vor. Und sie haben tatsächlich etwas Umständliches vor:

«Wir wollen eine Paela für 13 Personen machen», verkündet der bulligste der Burschen.

«Haben Sie schon mal eine gemacht?» erkundigt sich der hagere Verkäufer.

«Nein, aber wir haben das Rezept.»

Und er beginnt mit den Gambas, «drei pro Person». Der hagere Verkäufer entpuppt sich als guter Kaufmann:

«Ich würde Ihnen die rohen empfehlen, die sind viel schmackhafter.»

Recht hat er schon, aber teurer sind sie auch. 39 Gambas für 54 DM. Ich schlucke. Der bulligste der Schwaben zeigt sich unbeeindruckt. Die Muscheln sind dran, die Miesmuscheln zunächst. Zweieinhalb Kilo. Das geht. Dann bestellt er dreihundert Gramm Kreuzmuscheln. Komisch! Ich mische mich zaghaft ein:

«Kreuzmuscheln nehmen Sie? Ich würde lieber Venusmuscheln nehmen.»

Der Bulligste zieht die Mundwinkel runter:

«Das Rezept haben wir von einer Mallorquinerin, sie wird es wohl wissen.»

«Ja, ja, es ist o.k.», beschwichtige ich selbst, «es gibt so viele Paellarezepte wie Köche.»

Jetzt sind die Calamares dran. Zwei große Calamares sollen es sein. Unverbesserlicherweise mische ich mich wieder ein. Zum Bulligsten gewandt gebe ich zu bedenken:

«Wenn Sie keine Erfahrung mit frischen Calamares haben, würde ich Ihnen die Tuben empfehlen. Sie sind schon sauber und müssen bloß in Ringe geschnitten werden.»

Diesmal habe ich dem hageren Verkäufer auf den Fuß getreten, denn Tuben sind wesentlich billiger als frische Calamares.

«Würde ich nicht sagen», entgegnet er verhalten säuerlich, «die Tuben sind aufgetaut und schmecken lang nicht so intensiv wie die frischen.»

Anschließend bemüht er sich rührend darum, seinen drei Kunden zu erklären, wie man einen Calamar ausnimmt und enthäutet. Ich habe die Lektion verstanden und halte die Klappe, versuche aber dabei, mir auszumalen, wie jene drei nudelgewohnten Kunden sich anstellen werden, wenn sie beim Versuch, die frischen Calamares zu säubern, mit den glitschigen, herausquellenden Eingeweiden und den menschlich guckenden Augen der Calamares konfrontiert werden. Dabei vergesse ich, daß ich es eigentlich sehr eilig habe.

Einmal dran gekommen, gestaltet sich mein eigener Fischeinkauf sehr einfach, denn heute koche ich nur für vier Personen: ein Pfund Miesmuscheln, 100 Gramm Venusmuscheln, eine große Tube, 200 Gramm Seeteufel, 400 Gramm tiefgefrorene Gambas.

Zügigen und doch irgendwie gemäßigten Schrittes laufe ich zum Bus, der dem Ganzen die Krone aufsetzt, indem er mir vor der Nase wegfährt. Kurz vor 18:00 Uhr betrete ich die Wohnung, und als erstes lege ich mich flach und die Beine hoch. Erst um 18:15 Uhr beginne ich mit dem Auspacken und dann mit dem Kochen. Unsere Gäste verspäten sich fast um eine Stunde, unser Essen ist erst kurz vor 20:00 Uhr fertig. Die Fischsuppe wird einmalig, die Paella denkmalwürdig. Alles nur jener dörflichen Herrschaft zu verdanken, bei der meine Mutter als junges Mädchen gedient hatte.

DER GEOPFERTE BART

Neulich sprach mich ein Unbekannter an. In der Schlange. Ein seltenes Erlebnis, denn Schlangengenossen pflegen kaum Kontakt zueinander. In den Stadtschlangen zumindest. Dorfschlangen verhalten sich sicher anders, ländlich und dörflich halt. Und Stuttgart ist, allen Verleumdungen zum Trotz, es sei nichts als ein etwas größer geratenes Dorf, eine Stadt. Keine Großstadt schlechthin, aber immerhin eine mittlere Großstadt. Es ist einiges Wasser den Neckar runtergeflossen, seit Heine spottete: «Weit lieber (als in Aachen) lebt' ich als kleinster Poet zu Stukkert am Neckarstrome.»

Schlangengenossen pflegen kaum Kontakt zueinander, es sei denn, sie kennen sich schon von außerhalb der Schlange. Sonst reduziert sich ihr Kontakt auf kollektives Motzen, wenn jemand sich vordrängt, und auf individuelles Motzen, Meckern, Schimpfen oder gar Fluchen, wenn der hintere Schlangengenosse dem vorderen mit Hilfe des Einkaufswagens einen Knöchel malträtiert. In solchen Fällen kann es sogar vorkommen, daß der Angreifende sich entschuldigt.

Auch zu einem kollektiven Raunen kann es manchmal kommen, dann nämlich, wenn der Filialleiter die Unverschämtheit besitzt, zu Spitzenzeiten die Kassen unterbesetzt zu halten. Wie im Leben dauert es in der Schlange lange, bis sich der Protest formiert. Es beginnt mit einer Solostimme, der bald ein mehrfaches Echo folgt, welches normalerweise bald abbricht, denn in der Regel setzt sich am Ende doch die konformistische Grundhaltung des Schlangenmenschen durch. Es ist erstaunlich, welche Schlangenzeiten wir, ohne zu mucken, über uns ergehen lassen. Vielleicht haben wir nach langen Jahren der Schlangenexistenz resigniert. Oder wir sind nur müde vom Tag. Nur in Extremfällen oder bei übermäßiger Hitze steigert sich das kollektive Unbehagen zu einem bedrohlichen, kollektiven Raunen, von dem sich allerdings niemand bedroht zu fühlen scheint, am wenigsten der zuständige Filialleiter.

An jenem Nachmittag waren die Kassen voll besetzt, und trotzdem stauten sich mehrere Schlangen nebeneinander. Es war Freitag, kurz vor Geschäftsschluß, eine Zeit, wo ich Schlangen grundsätzlich meide, allerdings nicht so grundsätzlich, daß es keine Ausnahmen gäbe. Wer kann schon seine Arbeit und seinen Haushalt so perfekt koordinieren, daß sämtliche Pannen ausgeschlossen bleiben? Ich jedenfalls nicht.

Geduldig bis resigniert stand ich an jenem Freitag, kurz vor Geschäftsschluß, in einer der vielen parallel kriechenden Schlangen und sinnierte schon wieder oder lauschte vielleicht in mich hinein, was das auch bedeuten mag. Vielleicht war ich nur zu ermattet, um mich um die bunten, müde kriechenden Freitagsschlangen zu kümmern. Jedenfalls schenkte ich meinem Vordermann keine Beachtung. Bis er, vielleicht um sich die Langeweile zu vertreiben, sich umdrehte und mich entdeckte. Und mich ansprach, wie man einen alten Bekannten anspricht. Auf Spanisch auch noch. Ihm war ich offenkundig bekannt, und, nach seinen Worten und dem Ton seiner Stimme zu urteilen, war auch er mir bekannt. Bloß, ich wußte es nicht:

«Du erkennst mich nicht wieder, gell?» sagte er verständnisvoll bis triumphierend, auf Spanisch, versteht sich.

«Ehrlich nicht.»

«Klar, auch meine eigene Frau erkennt mich kaum wieder, und meine Kinder haben Probleme damit.»

Ich machte anscheinend ein so dummes Gesicht, daß er so lange lachte, bis ich den Eindruck bekam, er lache mich aus. Jenes Lachen kam mir aber durchaus bekannt vor, auch die Augenpartie und die Nase. Angestrengt suchte und suchte ich in meinem Gedächtnis, aber der Groschen wollte und wollte nicht fallen. Die Augen schon, die Nase auch, aber jene schwulstigen Lippen und jenes mächtige, viereckige, forsche bis dreiste Kinn... Während er mit seinem Einkaufswagen einen halben Meter nach vorne kroch, guckte er mich fragend an. Ich mußte davon ausgehen, daß er sich eine neue Identität zugelegt hatte. Bloß, was war Tarnung und was echt? Er half mir, indem er mit seinen Händen seinen Mund und sein Kinn bedeckte und mich dabei schelmisch anschaute.

«Jetzt!!! Du hast dir bloß den Bart abgenommen!»

«Eben!»

«Aber wieso denn? Der stand dir so gut! Er war ein Teil von dir selbst.»

«Wegen meiner Mutter», sagte er ohne jedes Zeichen der Scham oder gar Reue, und kroch mit seinem Einkaufswagen einen weiteren halben Meter vor. Ich kroch ihm mit meinem Einkaufswagen nach.

«Wieso wegen deiner Mutter?»

War es doch Scham, oder war es eher Stolz, was jetzt seine Augen und seine Stimme ausdrückten?

«Weißt du, meine Mutter hat meinen Bart nie gemocht. ‹Fernando›, hat sie immer und immer wieder zu mir gesagt, seit ich einen Bart trage, also seit über 25 Jahren, ‹Fernando, warum nimmst du diesen schrecklichen Bart nicht ab? Du siehst wie ein Räuber aus.› Und jetzt, wo sie schwer krank ist...»

«Was hat die Krankheit deiner Mutter mit deinem Bart zu tun?»

«Es geht ihr sehr schlecht, sie wird bald sterben. Da habe ich mir gedacht: Tue ihr doch den Gefallen! Die arme Frau, die wird kaum noch eine Freude in ihrem Leben haben. Mach' ihr jetzt die Freude! Zumal sie mich immer und immer wieder angefleht hat: ‹Fernando, tue es doch meinetwegen!›»

«Was solltest du ihretwegen tun?»

«Auf meinen Räuberbart verzichten!»

«Du großer Gott, das darf nicht wahr sein. Noch schlimmer als meine Mutter!» hätte ich gerne gesagt. Statt dessen sagte ich nur:

«Das ist ja interessant, das überrascht mich. Ich wußte nicht, daß du so sehr an deiner Mutter hängst.»

Darauf reagierte er nicht mehr, denn inzwischen, an der Kasse angelangt, war er damit beschäftigt, seinen beträchtlichen Einkauf aufs Band zu legen. Ich war mit dem Unerhörten am gerade Gehörten so sehr beschäftigt, daß ich nicht mehr weiß, was er alles aufs Band legte. Ich überlegte nur, was ich ihm danach sagen würde, wenn wir uns nach dem Kassengang bis zum Verlassen des Kaufhauses eine Weile unterhalten würden: «Wie kannst du bloß?» würde ich ihm sagen. «Wie kannst du dich von deiner Mutter so erpressen lassen? Tue es meinetwegen! Typisch Mutter! Und du tust es ihretwegen! Was bist du denn für ein Schlappschwanz? Merkst du denn nicht, daß es deiner Mutter jetzt endlich gelungen ist, was sie anscheinend, trotz hartnäckiger Bemühungen, bisher nicht geschafft hatte, dich nämlich zu kastrieren? Doch, doch, kastrieren. Ich übertreibe nicht. Der Bart gehört zur Sinnlichkeit, dein Bart gehörte zu deiner Sinnlichkeit. Jetzt stehst du unsinnlich da. Jawohl, unsinnlich siehst du jetzt aus. Ja sogar impotent siehst du aus. Kastriert hat sie dich. Sie hat es geschafft. Die Mütter schaffen es. Wenn ihre Appelle an unsere Liebe nicht helfen, dann versuchen sie es mit der Mitleidsfalle. Und du bist in die Falle gegangen, in die mütterliche Mitleidsfalle.»

Nichts dergleichen sagte ich ihm. Hinter der Kasse wartete er mit seinen drei Tüten und einem breiten, bartlosen

Lächeln auf mich. Blitzschnell ging mir durch den Kopf: «Vergiß es! Gegen Mütter ist kein Kraut gewachsen. Und dir liegt auch nicht viel an ihm. Er ist nur ein Bekannter.» Ganz konnte ich mir trotzdem nicht verkneifen, ihn für seine Mutterhörigkeit zu bestrafen:

«Mit Bart hast du aber besser ausgesehen.»

«Das sagt auch meine Frau», erwiderte er unschuldig.

STAMMNUMMER

Die Dame saß im Glaskasten, sie fragte mich, was ich wollte, und ich mußte zweimal kräftig schlucken, bevor ich den Satz über die Lippen brachte: «Ich möchte mich arbeitslos melden.» Danach war es mir leichter. Was ich bisher gearbeitet hätte, wollte die Dame im Glaskasten wissen. «Spanisch unterrichtet». «Also Lehrer?» «So ungefähr. In einer Privatschule.» Sie suchte auf ihrer Liste nach «Privatschulen» und fand anscheinend nichts dergleichen, denn nach einem kurzen Zögern schaute sie mich fragend an. «In einer Handelsschule», klärte ich sie auf. Und mit dem Finger suchte sie auf ihrer Liste und wurde fündig: «Zimmer 383». Also, auf zum dritten Stock! Den Aufzug teilte ich bis zum zweiten Stock mit zwei Frauen. Die letzte Strecke fuhr ich allein, wie es sich für einen Akademiker gehört, denn ich wurde der Beraterin für ausgefallene Typen zugeteilt.

Es war mein erster Besuch im Arbeitsamt seit 1975 in Aachen. Damals mußte ich mich allerdings nicht arbeitslos melden, damals mußte ich meine Arbeitserlaubnis erneuern.

Mir war wirklich unheimlich zumute, obwohl nichts wirklich gruselig war in der Neckarstraße 155. Die Vorzimmerdame erwies sich als ruhig und korrekt, die Beraterin sogar als korrekt und anteilnehmend. Jawohl, anteilnehmend, denn, als sie meine Diplome sah, begriff sie sofort, daß meine Lage nicht rosig war, denn meine Vermittelbarkeit war mehr als problematisch. Das sagte sie mir nicht gleich beim ersten Besuch, aber ich sah es ihr an: «Sehr viel Bildung, eine Menge Einbildung, aber sehr wenig Ausbildung», dürfte meiner Anteil nehmenden Beraterin durch den Kopf gegangen sein. Und sie bestellte mich für den nächsten Donnerstag gleich um 8.00 Uhr, denn inzwischen war es Mittag geworden.

Bis dahin hatte ich fast intuitiv begriffen, daß ich mich bei jener korrekten bis Anteil nehmenden Dame nicht arbeitslos, sondern arbeitswillig melden mußte. Erst dann, wenn ich meinen Arbeitswillen dokumentiert hätte, würde ich mich arbeitslos melden und Arbeitslosengeld beantragen dürfen. Meine Vermittelbarkeit spielte dabei keine Rolle. Nur der Wille zählte.

...

Der nächste Donnerstag war der 23. September 1993, und ich war besorgt, denn ich hatte mich fünf Minuten verspätet. Innerlich stellte ich mich auf die vorwurfsvolle Miene meiner Beraterin ein, die fünf Minuten ungeduldig auf mich gewartet haben würde. Aber das vorwurfsvolle Gesicht meiner Beraterin bekam ich vorerst nicht zu sehen. Und die Vorzimmerdame war diesmal eine andere, wie ich entgeistert feststellte, als ich nach einem schüchternen Klopfen das Anmeldezimmer betrat, das verwaist dalag, während im Nebenzimmer sich zwei mir unbekannte Damen lebhaft unterhielten und mich vorwurfsvoll anschauten, nicht etwa weil ich fünf Minuten zu spät gekommen wäre, nein, sondern weil ich zu früh gekommen war und ihren Morgenplausch unterbrochen hatte. Die dünnere und ältere der Damen kam zu mir rüber und fragte mich unwirsch, wer ich sei und was ich wolle. Ich nannte meinen Namen und erklärte, ich sei für heute um 8:00 Uhr bestellt. Das schien sie vorerst nicht zu interessieren. Was ich wolle und was ich sei, wollte sie wissen. In einem anderen Rahmen hätte ich mir den Witz geleistet zu sagen, die Frage sei sehr anspruchsvoll, ja geradezu philosophisch: Was ich wolle und was ich sei... Es fehle nur die Frage, wo ich herkäme und wo ich hinginge. Aber mir war nicht nach

Witzen zumute, der Vorzimmerdame schon gar nicht. Sie bestand auf ihren Fragen in deren ganz unphilosophischer Bedeutung, und ich bestand auf meiner Aussage, ich sei bestellt worden, und die zuständige Dame wisse schon, worum es gehe. Das alles sagte ich in einem zwar korrekten, aber entschiedenen Ton, denn ich hatte mir vorgenommen, mich nicht demütigen zu lassen, ohne dabei allerdings heftig oder gar motzig zu werden, denn ich sagte mir: «Mußt du dir den Ton dieser Dame gefallen lassen?» Und jemand in mir antwortete blitzschnell: «Jawohl, das mußt du dir gefallen lassen, aber ein Zeichen mußt du von dir geben, damit die Dame begreift, daß sie sich dir gegenüber nicht jeden Ton leisten darf.» Und die Dame schien zu begreifen, denn sie schaute auf ihren Schreibtisch und fand prompt darauf meinen Vorgang, ganz oben, unübersehbar. Mit meinem Vorgang in der Hand verließ sie den Raum, wo ich alleine sitzend zurückblieb und durch die offene Zwischentür beobachten konnte, wie sich die kleine, dickliche Dame im Nebenzimmer ihre Kinnhaare depilierte. Allerdings war es mir nicht vergönnt, jener Schönheitsoperation bis zum Ende beizuwohnen, denn nach wenigen Minuten betrat die Vorzimmerdame den Raum wieder, diesmal in Begleitung jener Dame, die mich für 8:00 Uhr bestellt hatte. Ich grüßte sie fast herzlich, aber sie sah nicht mehr so freundlich aus wie vor einigen Tagen. Vielleicht war sie nur morgenmüde. Auf jeden Fall machte sie einen ungeduldigen Eindruck. Vielleicht machten sie unvermittelbare Fälle wie ich traurig oder gar mürbe. Sie selbst war etwa in meinem Alter und konnte sich deswegen nicht schwer in meine Lage versetzen. Es war eine Frau edlen Aussehens, Ende fünfzig, norddeutsch in der Erscheinung und norddeutsch im Akzent. Sie nahm mich mit in ihr Büro, überprüfte meine mitgebrachten Unterlagen und klärte mich mit schüchtern-strenger Miene über meine Pflichten auf:

«...Nebenverdienste müssen Sie anmelden, nicht erst, wenn das Geld auf Ihr Konto überwiesen wird. Urlaub haben Sie drei Wochen im Jahr, obwohl es sich streng genommen nicht um Urlaub handelt, Sie dürfen halt drei Wochen im Jahr abwesend sein. Den Rest können Sie in dieser Broschüre nachlesen. Und Sie müssen sich selbst um Arbeit kümmern, denn wir werden kaum was für Sie haben...»

«Ich weiß, ich weiß» erwiderte ich fast tröstend.

«Jetzt müssen Sie bei der Leistungsstelle den Antrag auf Arbeitslosengeld einreichen.»

Sie übergab mir das passende Formular. «Die Leistungsstelle!» Das Wort hatte ich schon mal gehört. Eine Dame, die meinen letzten Abendkurs besucht hatte, hatte erzählt, sie arbeite in der Leistungsstelle des Arbeitsamtes. Fast höhnisch hatte ich sie damals darum gebeten, uns über diese Bezeichnung aufzuklären: Ob an den anderen Stellen des Arbeitsamtes nichts geleistet werde... Das war noch nicht lange her. Jetzt mußte ich selbst zur Leistungsstelle.

...

Dahin begab ich mich am Morgen des 4. Oktobers. «Geh so früh wie möglich dahin, denn je später, desto länger mußt du warten», hatte mich ein erfahrener Arbeitsloser unter meinen Freunden gewarnt. Ganz hielt ich mich nicht an jenen guten Rat, denn an dem Tag war mir nicht nach ungemütlichen Anstrengungen. Ich machte zuerst die Wohnung und ging dann zur Leistungsstelle des Arbeitsamtes in der Heilmannstraße 3-5. Es war ein sehr warmer Herbstmorgen, und ich hatte mich zu warm angezogen. Kaum hatte ich das Gebäude betreten, begann ich schon zu schwitzen. Einem Mann in einem Glaskasten mußte ich meinen Namen sagen, und daraus pickte er sich den Anfangsbuchstaben raus. «Zimmer 301» stand auf einem rosa Zettel, den er mir durch das Fensterchen überreichte.

«Wieder dritter Stock», dachte ich mir und stellte mir wie

in der Neckarstraße 155 einen Sonderstatus für Akademiker vor. Aber diesmal fuhr der Aufzug bis oben durch, voll besetzt mit Nichtakademikern. Ein enger Gang empfing uns. Vor Zimmer 301 und 302 warteten schon an die zehn Menschen, die eine Hälfte Männlein, die andere Hälfte Weiblein, fast alle zwischen 30 und 40, nur die wenigsten eindeutig als Deutsche identifizierbar, kein einziger außer mir den akademischen Geruch ausströmend. Wer vor welcher Tür wartete, war auch nicht zu erkennen. Ich lehnte mich lässig und scheu an die Wand und dachte an die erlösende Schlangenfrage meiner Kindheit, die zu stellen ich jetzt nicht wagte: «Wer ist die letzte?» Hier hatte ich kein Heimspiel. So wartete ich, bis ein untersetzter Dreißiger – später sprach er ein paar Worte mit einem anderen Wartenden auf Türkisch – die Initiative ergriff und die erlösende Frage wagte: «Wer wartet vor Zimmer 301?» Zimmer 301 war auch mein Zimmer. Jetzt wußte ich, hinter diesem untersetzten Dreißiger kommst du, denn wir waren zusammen mit dem Aufzug gefahren, und beim Verlassen hatte ich ihm und seiner Frau den Vortritt gelassen, nicht aus Großzügigkeit, sondern aus Scheu. «Nach Ihnen komme ich dann», sagte ich zum untersetzten Dreißiger. Das bestätigte er auch mit einem Kopfnicken. Jetzt konnte ich mich der Betrachtung meiner Mitwartenden widmen, die Ihre Papiere fast einheitlich in Plastiktüten mit sich trugen. Niemand hatte was zu lesen mit. Niemand rauchte, denn glücklicherweise war das Rauchen in jenem Raum verboten. Niemand unterhielt sich, auch nicht die, die zusammengehörten. Nur die nötigsten Informationen wurden ausgetauscht: Wer wo nach wem komme. «Ich bin früher von sie», sagte eine Frau neben mir und zeigte dabei auf eine sitzende Frau in hellem Kleid. Die Frau im hellen Kleid hatte sich anscheinend vordrängen wollen. «Ich bin früher von sie», wiederholte die Frau neben mir. Ich konzentrierte mich, um mir den Ausdruck einzuprägen. Ich schaffte es, aber dabei kam ich mir voyeuristisch und überheblich vor. Ich versuchte, meine Zuschauerrolle aufzugeben. So setzte ich mich auf einen der leeren Stühle – warum blieben so viele stehen bei so vielen Stühlen? – und holte die TAZ aus meiner Mappe. (Ich hatte eine Mappe mit, keine Plastiktüte.) Auf das Lesen konnte ich mich nicht konzentrieren, denn ich fühlte mich beobachtet, obwohl niemand mich beobachtete. Am anderen Ende vom Gang erhob sich Geschrei. Zwei Männer stritten miteinander, beide als Deutsche identifizierbar, der eine saß, der andere stand, Mitte dreißig der Sitzende, Mitte fünfzig der Stehende. «Ich erschlage dich, du Penner!» schrie der Stehende und drohte mit einem Stuhl. Niemand regte sich auf, der Sitzende auch nicht. Der Stehende ließ den Stuhl und die Stimme sinken. Bald verschwand er in einem der Büros am Ende vom Gang.

Jetzt hatten der untersetzte Dreißiger und seine Frau Zimmer 301 betreten. Ich stand auf. Aufpassen, daß sich niemand vordrängt. Nicht nötig. Niemand wollte sich vordrängen. Ich ging ins Zimmer 301, als der untersetzte Dreißiger und seine Frau Zimmer 301 verließen.

...

Ich hatte Schwierigkeiten, den Mann zu verstehen. Er sprach Deutsch mit einem sehr starken östlichen Akzent, und seine Grammatik kam mir seltsam bis nicht ganz geheuer vor. Trotzdem kein Zweifel, es war ein Deutscher. Korrekt und freundlich überprüfte er meinen Antrag und die dazugehörigen Unterlagen. Nur die Steuerkarte fehlte. Die hatte ich noch nicht von meiner Schule erhalten. Ich versprach, sie nachzureichen. Dann stellte ich dem freundlichen Deutschen mit dem stark östlichen Akzent und der verdächtigen Grammatik die Frage, wie lange mir das Arbeitslosengeld zustehe. «Das kann ich Ihnen nicht auswendig sagen. Ich schaue nach.» Er ging raus und kam gleich wieder mit einem dicken Buch zurück: «676 Tage. 312 Tage zählen als ein Jahr.» Ich verstand die merkwürdige Rechnung, denn ich hatte gelesen, daß uns Arbeitslosen die Sonntage nicht bezahlt werden. Unsere Woche besteht also aus nur sechs Tagen. Merkwürdige Rechnung. Ich hätte nie gedacht, daß eine so seriöse Institution wie das Arbeitsamt so offen mogeln würde. Also zwei Jahre und anderthalb Wochen beträgt mein Anspruch auf Arbeitslosengeld nach einem Viertel Jahrhundert als Schaffender und Zahlender. Genau so viel und genau so wenig wie wenn ich nur sieben Jahre am Stück geschafft und eingezahlt hätte. Wieder eine sehr merkwürdige Rechnung, dachte ich mir, aber davon sagte ich dem freundlichen Mann, der meinen Antrag bearbeiten würde, kein Wort. Damit hatte er nichts zu tun. Ich bedankte mich für seine Auskunft. Und er gab mir eine Nummer, die ich immer angeben sollte. Stammnummer heißt sie. Ob das andeuten soll, daß ich ab jetzt Stammkunde des Arbeitsamtes werde?

ALLE FRAUEN, DIE ICH GELIEBT HABE...

Mein schlechtester Tag war es gewiß nicht. Ich hatte allen Grund, zufrieden zu sein. Gerade war ich mir mit meinem Verleger über die letzten Korrekturen meines neuen Buches einig geworden. «Lob der Pellkartoffel» lautet der Titel. Mein Verleger war vergnügt gewesen und ich auch. Während ich mich vom Bus in der Gegend rumschaukeln lasse, träume ich von einem großen Erfolg für mein neues Buch und amüsiere mich dazwischen immer wieder über einen Satz eines Freundes meines Verlegers: «Alle Frauen, die ich geliebt habe, haben mich verlassen. Alle Frauen, die mich geliebt haben, habe ich verlassen.» Ich präge mir immer wieder den Satz ein, denn ich will ihn irgendwann für irgendeinen Artikel verwenden. Ich habe einen guten Tag und schwebe in einer pazifistischen Grundstimmung.

Jetzt stehe ich in der Schlange und habe es sehr eilig. Drei Schlangengenossinnen mit überfüllten Wagen trennen mich von der Kasse. Ich denke vergnügt an meinen Verleger. Auf einmal steht rechts neben mir ein langgliedriger, schmalgesichtiger, grauhäutiger Dreißigjähriger mit einer prallen grauen Tüte. Seine graue, pralle Tüte hochhaltend und sich halb zwischen mich und meine vordere Schlangengenossin schiebend gibt er mir zu verstehen, er wolle gern vor mir zur Kasse. Meine Gutmenschenreflexe stellen sich automatisch ein: «Warum denn nicht? Er hat ja nur eine Tüte mit lauter Bierdosen. Und undeutsch sieht der Mann auch noch aus. Laß ihn doch vor!» Ich lasse ihn aber nicht vor: «Verdräng' diesmal deine edlen Reflexe! Du hast es selber eilig!» Und prompt hörte ich mich sagen:

«Ne, ne, ich habe es eilig.»

Und prompt verwandelt sich das beinahe freundlich fragende Gesicht des langgliedrigen, schmalgesichtigen

Mannes mit der grauen Tüte in ein wütendes, spöttisches Gesicht. Zornig brummt er irgendwas. Nur «eilig» und «Schwätzer» verstehe ich. Urdeutsch hört sich seine Sprache nicht an. Nur die zwei Wörter verstehe ich: eilig und Schwätzer.

«Ich habe es wirklich sehr eilig», verteidige ich mich.

Während er sich an die Stirn tippt und spöttisch und zornig weiterbrummt, wechselt er nach links zu der nächsten Schlange über. Meine pazifistische Grundstimmung ist verflogen. Ich drehe mich um, tippe mir an die Stirn und zische ihn an:

«Und Sie? Haben Sie es mit Ihrem ganzen Bier eilig? Haben Sie es mit dem Saufen eilig?» Wieder brummt er was und diesmal verstehe ich nur «Schwätzer». Ich wiederhole: «Haben Sie es mit dem Saufen eilig?»

Die Lage droht zu eskalieren: Eine Frau in der Nebenschlange fühlt sich dazu berufen, Partei für den von mir so verschmähten Dreißigjährigen zu ergreifen. Wahrscheinlich wittert sie in mir einen wüsten Fremdenhasser. Eine andere Frau zwischen ihr und dem von mir Verschmähten beruhigt sie. Ich verstehe ihre Worte nicht, merke aber nur, wie sie, verärgert, ihr das Vorgefallene erzählt und mich entlastet. Mir ist es nicht ganz geheuer, denn das Gesicht meiner Verbündeten verrät nicht nur Verärgerung, nein, es verrät auch eine offene Verachtung für den Mann mit der grauen Tüte. Ob sie nicht nur das Vorgefallene erzählt, sondern es auch noch kommentiert: «Diese Leute haben keine Manieren..., bei sich zu Hause können sie machen, was sie wollen, bei uns hier müssen sie sich benehmen...?»

...

Ich habe es nicht erfahren. Ich wollte es nicht erfahren. Ich hatte keine Lust, jetzt auch noch mit meiner Verbündeten ein Streitgespräch anzufangen: «Nein, nein, so ist es wieder nicht. Deutsch oder undeutsch, Arschloch ist Arschloch.

Von der Sorte gibt es genug auch unter den Urdeutschen!»
Das behielt ich für mich. Es war nicht mein Kampftag. Und
eilig hatte ich es auch noch. Der Bus fuhr mir vor der Nase weg. «Hättest du den Mann vorgelassen, hättest du letzten Endes auch keine Zeit verloren.» Auf den Bus wartend
versuchte ich mich mit dem hübschen Zitat abzulenken:
«Alle Frauen, die ich geliebt habe, haben mich verlassen.
Alle Frauen, die mich geliebt haben, habe ich verlassen.»
Ne! Der Reiz war vorbei.

BERÜHRUNGSÄNGSTE

Selbstverständlich wissen Sie alle, was das Wort Berührungsängste bedeutet. Um so mehr wird es Sie wundern, wenn ich Ihnen gestehe, daß ich auf Spanisch kein entsprechendes Wort kenne. Genaugenommen ergeben sich drei Hypothesen, welche die peinliche Tatsache erklären könnten, daß ich kein Wort für Berührungsängste auf Spanisch weiß:

Hypothese Nummer 1: Das Wort Berührungsängste existiert im Spanischen deswegen nicht, weil die Spanier keine Berührungsängste kennen. So sehr diese Hypothese meiner spanischen Seele schmeicheln würde, sehr wahrscheinlich ist sie nicht.

Hypothese Nummer 2: Spanisch kennt kein Wort für Berührungsängste, obwohl auch die Spanier Berührungsängste haben; bloß, sie haben ihre eigenen Berührungsängste noch nicht entdeckt und spüren deswegen auch nicht das Bedürfnis, ein Wort zu entwickeln, um sie zu benennen. Diese Hypothese würde meine spanische Seele sehr kränken. Ob sie wahrscheinlich ist, darüber möchte ich mich hier meiner Stimme enthalten, denn ich fühle mich von der Fragestellung leicht überfordert, da mir die spanische Realität, und die spanische Mentalität erst recht, durch meine fortschreitende Eindeutschung zunehmend fremd geworden ist.

Hypothese Nummer 3: Das Wort gibt es tatsächlich, mir ist es bloß unbekannt. Diese dritte Hypothese würde meine individuelle Seele zwar kränken, meine spanische Seele dagegen beruhigen, denn die spanische Ehre wäre vorerst gerettet. Die Kränkung meiner individuellen Seele aber wäre nicht maßlos, denn zur Entschuldigung für mein Unwissen könnte ich die gravierende Tatsache anführen, daß ich

schon seit mehr als 30 (in Worten: dreißig) Jahren nur äußerst sporadisch in spanischen Gefilden weile und weide.

Was diese sprachphilophischen Gedankenfetzen sollen?
Doch, doch, auch sie haben mit der Schlange zu tun, denn
sie sind mir heute mittag beim Einkaufen eingefallen.
Schuld daran war der Einkaufswagen, genauer gesagt die
Reihe oder Schlange von Einkaufswägen, wie sie in jedem
größeren Supermarkt am Eingang neben den Kassen anein-
anderkettet stehen, brav wartend, bis unsere Münze sie von
ihren Ketten befreit. Ehrlich gesagt, diese aneinandergeketteten Einkaufswägen erwecken in mir eine ganz bestimmte
Erinnerung, eine unanständige dazu. Und sie hat mit jenen
streunenden Hunden aus meiner Kindheit zu tun, welche,
weil herrenlos, in aller Öffentlichkeit auch ihren Grundtrie-
ben freien Lauf lassen konnten und sich mitten auf der Straße nicht nur beschnüffelten und verliebten (das tun auch
die heutigen herrenbegleiteten Hunde), sondern sich auch
noch liebten: In meiner Kindheit war es ein alltägliches Bild,
wenn ein Hund eine Hündin bestieg. Anscheinend wirkten
sich schon in jenem zarten Alter die Tabus und Verdrän-
gungen auf unsere zarten Gefühle äußerst destruktiv und
unmoralisch aus, denn das Bild zweier sich schamlos (zy-
nisch = hündisch) liebender Hunde erweckte in uns sadi-
stische Gedanken, was sich darin äußerte, daß wir die zwei
Liebenden solange hetzten, bis der Hund versuchte, unver-
richteter Dinge auszusteigen. Aussteigen konnte er schon,
aber keinesfalls sich befreien und davonlaufen, denn sein
wertvollstes Teil steckte angeschwollen im wertvollsten Teil
seiner Partnerin. Jämmerlich heulend zogen die Liebenden
in entgegengesetzte Richtungen und konnten nicht ausein-
ander. Was uns Unschuldsengeln eine diebische Freude bereitete.

Jetzt wissen Sie, woran mich die aneinandergeketteten
Einkaufswägen erinnern.

Um einen dieser Einkaufswägen aus seiner Abhängigkeit zu befreien, bedürfen wir Käufer als Lösegeld einer einfachen Mark- bzw. einer Euromünze, oder eines Märkleins aus Plastik, welches die gleiche befreiende Funktion wie die Münze erfüllt, allerdings mit einem gravierenden Nachteil, denn es hindert mich daran, auf ein durchaus menschenfreundliches Angebot und auf den möglicherweise damit verbundenen Annäherungsversuch einzugehen, wenn eine freundliche Dame oder ein freundlicher Herr mir zulächelt und mit einer Münze zuwinkt, um mir zu verstehen zu geben, er oder sie könne mir gleich den leeren Wagen abnehmen, ich bräuchte ihn nicht wieder anzuketten. Auf ein so kontaktfreudiges, kontaktförderndes Angebot kann ich leider nicht eingehen, wenn ich nur ein Plastikmärkle besitze, denn mein Märkle ist viel weniger wert als die mir angebotene Münze. In solchen Fällen pflegt die kontaktfreudige Person, die den Tausch vorgeschlagen hatte, enttäuscht den Kopf zu senken und resigniert jene Prozedur zu initiieren, die mit Hilfe einer Münze zur Befreiung eines angeketteten Wagens führt.

Am einfachsten sei es also, werden Sie mir und Ihnen selbst raten, immer eine passende Münze bei sich zu haben. Dagegen ist nichts einzuwenden; bloß, es kommt nicht selten vor, daß ich in einem anderen Geschäft beim Zahlen unvorsichtigerweise meine letzte passende Münze vergeudet habe, denn es bereitet mir sichtliche Freude, passend zu zahlen, womöglich deswegen, weil sich dann jede Kassiererin in mütterlichem oder mindestens in großschwesterlichem Ton für meine Artigkeit bedankt. Habe ich gerade bei dieser mich und die Kassiererin beglückenden Tat unvorsichtigerweise meine letzte Münze vergeudet, bin ich bei meiner nächsten Einkaufsstation im Supermarkt auf das Wohlwollen einer barmherzigen Kassiererin angewiesen, die eine größere Münze oder sogar einen

Geldschein kleinzumachen bereit ist. Obwohl das ohne Probleme gelingt, bevorzuge ich eine noch kontaktfreudigere Lösung und suche mir einen ebenso kontaktfreudig aussehenden Menschen aus, von dem ich nicht unbedingt erwarten muß, daß er auf meine Bitte: «Können Sie mir fünf Mark wechseln?» unfreundlich bis garstig reagieren wird. Nein, die meisten reagieren nicht abweisend, aber nur wenige haben genug Münzen, was ihnen peinlich zu sein scheint, denn sie entschuldigen sich mit trauriger Miene. Das macht mir die ganze Angelegenheit noch peinlicher. Am peinlichsten ist mir die Variante, die sich dann ergibt, wenn mein Münzenreservoir nur aus zwei Fünfzigpfennigstücken oder aus zehn Groschen besteht. Da komme ich mir beinahe wie ein Bettler oder Betrüger vor («Haben Se ne Mark?») Und geradezu schäbig fühle ich mich, wenn ich mir eine kontaktfreudige Person aussuchen muß, die gerade ihren leeren Einkaufswagen wieder anketten will, um ihr den unfairen Tausch vorzuschlagen: zwei minderwertige Fünfzigpfennigstücke oder zehn umständliche Groschen als Lösegeld für die im Wagen gefangene vollwertige Münze.

Um solchen Unberechenbarkeiten und Peinlichkeiten vorzubeugen, lagere ich in deutscher Voraussicht systematisch Markstücke, neuerdings Eurostücke, in sämtlichen linken Taschen sämtlicher Jacken, Anoraks und Mäntel, die ich gemäß den Launen der Jahreszeiten an- und auszuziehen pflege.

Was hat das alles mit den Berührungsängsten zu tun, werden Sie ungeduldig bis leicht verärgert fragen? Doch, doch, sehr viel, denn gerade als ich heute mittag im Supermarkt mit einer blanken Münze in der demonstrativ erhobenen rechten Hand die Landschaft nach einer kontaktfreudigen Gestalt absuchte, ist es mir bewußt geworden, wie anders Menschen reagieren, wenn man ihnen mit Gesten oder mit einfachsten Worten vorschlägt, uns gleich den leeren Wagen zu geben und dafür unsere Münze zu nehmen. Wortlos überläßt uns mancher Volksgenosse mit gönnerhafter Miene seinen Einkaufswagen, in dem seine ureigene Münze steckt. Über das ganze Gesicht lächelnd bedankt sich eine betagte Volksgenossin, als hätten wir sie zu Kaffee und Kuchen eingeladen. Bedauernd entschuldigt sich eine geplagte Hausfrau, weil in ihrem Wagen ein Plastikmärkle steckt. Schelmisch fragt ein Jugo, ob unsere Münze auch echt sei...

Und eben dabei ist mir heute das Wort Berührungsängste eingefallen, denn der heute von mir in Ermangelung eines Besseren angesprochene Mann mittleren Alters hat so getan, als hätte er meine Geste nicht wahrgenommen, um stur zur Einkaufswagenschlange fortzurollen... Wie nennst du das? Berührungsängste habe ich das genannt, denn heute war ich versöhnlich gestimmt.

SCHWEBEND

Nein, im Siebenten Himmel schwebte ich an jenem Tag nicht, nur im dritten, vielleicht aber auch im vierten. An jenem Tag war ich nicht nur ein erklärter Menschenfreund, ich war scheinbar sogar bereit, ein Lehrerfreund zu sein. Und so nahm ich es nicht einmal jenem Lehrer übel, der mich mit Lehrerstimme darüber aufklärte, wieviel Zentimeter genau ich mit meinem Einkaufswagen nach rechts rücken müßte, damit er mich mit seinem Einkaufswagen, links natürlich, überholen könnte. Sechs Zentimeter, ja, genau sechs Zentimeter. Hinter meinem Rücken, während ich mich am Brotregal mit den verschiedenen Arten von Vollkorntoastbroten kritisch beschäftigte, hatte mich eine schneidende, leicht pikierte Stimme gemahnt, ohne Begrüßungsformel, versteht sich:

«Wenn Sie sechs Zentimeter nach rechts rücken, kann ich an Ihnen vorbeifahren.»

Ich drehte mich in friedlicher Absicht um, denn ich schwebte ja in irgendeinem ziemlich hohen Himmel, – wäre ich an jenem Tag als normaler Sterblicher auf dem Boden gekrochen, hätte ich genüßlich jene lehrerhafte Mahnung als Kampfansage aufgefaßt – also ich drehte mich friedlich bis neugierig um und wußte es gleich: doch, ein Lehrer. Das Gesicht – an sterblichen Tagen hätte ich «die Visage» gesagt – das Gesicht paßt zur Stimme. Ein Lehrer! Ein Gymnasiallehrer! Woran ich den Lehrer erkannte? Woran erkennen Sie eine Frau? Daran eben, daß es eindeutig eine Frau ist, wenn sie es eindeutig ist.

Und was tat ich dann? Ich rückte mit meinem Einkaufswagen kommentarlos nach rechts, nicht nur sechs Zentimeter, ich glaube sogar zehn Zentimeter nach rechts rückte ich, und ließ kommentarlos den Lehrer mit seinem Einkaufswagen an mir vorbeifahren. Und er bedankte sich nicht einmal, und ich ließ sogar jene unverzeihliche Unterlassung unkommentiert. Innerlich beglückwünschte ich mich wärmstens ob solcher Vollkommenheit.

Meine menschenfreundliche Haltung schien an jenem Tag von Dauer zu sein. Am Fischstand ließ ich ebenfalls unkommentiert zu, daß ein älterer Herr mit grauen Schläfen und grauem Anzug sich scheinbar zerstreut vorne anstellte, als würde er nicht wissen, wo die Schlange anfing, und ich beanspruchte nicht einmal dann meine verbrieften Schlangenrechte, als mich der Verkäufer prüfend anschaute. Mit gönnerhafter Handbewegung gab ich ihm zu verstehen: «Na ja, lassen Sie ihn doch!» Nicht einmal, als der graue Herr sich auch nicht bedankte, schaltete ich den moralisch entrüsteten Gang ein.

Schwerelos schritt ich zur Kasse, kampflos überließ ich das Feld einer quadratischen Frau mit heruntergezogenen Mundwinkeln und überfülltem Einkaufswagen, die sich in gewohnter Manier ihres Wagens als Panzer bediente, um mir den Platz an der Schlange streitig zu machen. Ich bremste gelassen, lächelte der Dame zu und sagte: «Bitte schön, meine Dame.» Auch sie bedankte sich nicht. Und auch das schluckte ich ohne Schluckbeschwerden.

Hätte ich den Grund für meine Vollkommenheit nicht gekannt, wäre ich mir an jenem Tag schon längst unheimlich geworden. Aber ich kannte den Grund, warum mir an jenem Tag nicht einmal die Schlangenbisse etwas anhaben konnten. Ich schwebte seit dem späten Vormittag förmlich im dritten oder vierten Himmel. Warum? Gerade mitten in einer der lästigsten Beschäftigungen des Jahres, beim Zusammenstellen nämlich all jener Rechnungen und Bescheinigungen, die ich für den Lohnsteuerjahresausgleich benötige, war es passiert: Von der IG Medien wollte ich eine Bescheinigung über meine Jahresbeiträge. (Später würde es sich erweisen, daß sie mir überhaupt nichts nützte, denn diese Beiträge zählen nicht zu den Spenden, sondern zu den Werbungskosten, und ich kann anscheinend nur so kümmerlich für mich selbst werben, daß ich mit der Pauschale besser dastehe. Aber gut, hätte ich das an jenem Tag gewußt, hätte ich bei der IG Medien nicht angerufen und mir wäre das beglückende Erlebnis vorenthalten worden, das mich in den dritten oder vierten Himmel versetzte.) Ich rief also die Zentrale der IG Medien an. Eine freundliche, leicht mütterliche Stimme meldete sich. Ich trug mein Anliegen vor. Sie sagte:

«Vielleicht kann ich das selber erledigen. Wie war Ihr Name?»

«Guillermo Aparicio.»

Und dann geschah es:

«Ich muß Sie weiterverbinden, Sie sind ja Schriftsteller.»

Wäre das Telefon nicht ein Ferngerät, hätte ich jene Frau am Telefon, die auf Anhieb wußte, daß Guillermo Aparicio ein Schriftsteller ist, umarmt und geküßt, voller Rührung und Dankbarkeit hätte ich sie umarmt und geküßt. Statt dessen habe ich mich nicht einmal bedanken können, denn, bevor ich mich vom beglückenden Schock nur ansatzweise erholen konnte, hatte sie mich schon weiterverbunden. Hier bedanke ich mich nun bei jener guten Fee, die mir einige der schwerelosesten und menschenfreundlichsten Stunden meines sonst grauen Alltags bescherte.

Da aber auf Erden nichts von Dauer ist, oder mit Cervantes gesagt «da die menschlichen Dinge nicht ewig währen», noch weniger die Stimmungen unserer gepeinigten Seele, dauerte es nicht lange, bis ich, sanft aber entschieden, vom dritten oder vierten Himmel auf den harten Asphaltboden runtergeholt wurde. Und dabei hatte Shimon mir nur helfen wollen. Shimon ist nämlich ein sehr netter junger Mann aus dem Nebenhaus. Den kenne ich fast seit seiner Geburt. Er war gerade geboren, als wir in die Libanonstraße einzogen. Jetzt ist Shimon um einiges größer und stärker als ich. Und freundlich ist er. Anscheinend war er im Bus irgendwo hinter mir gesessen. Oder er kam gerade heim. Er holte mich jedenfalls ein, als ich mit meinen zwei Einkaufstaschen dem Bus entstiegen war, grüßte mich und sagte:

«Ich helfe Dir tragen. Gib mir eine deiner Taschen!»

Zunächst spürte ich einen Stich und den Drang, mir nicht helfen zu lassen. Dann gab ich nach und ließ mir helfen. Und es erfüllte mich eine tiefe Melancholie.